Meisterdetektivin Sonoko Sato verteidigt Blücher und jagt Fanthomas

Von Christian Schwochert

Impressum:

©2024 Christian Schwochert

ISBN Softcover: 978-3-384-29723-5
Druck und Distribution im Auftrag des Autors:
tredition GmbH, Halenreie 40-44, 22359 Hamburg,
Germany

Dieses Buch widme ich dem großen Künstler Gosho Aoyama. Vielen lieben Dank das Sie Detektiv Conan und die Welt rund um ihn herum erfunden haben, Herr Aoyama. Auch nach 103 Mangas macht es noch Spaß Conan bei seinen Abenteuern als Leser zu begleiten.

Toll auch, wie er sich durch Arthur Conan Doyle und Ranpo Edogawa zu Conan Edogawa inspirieren ließ. Und durch Kogoro Akechi zu Kogoro Mori :-).

Hinweis:

Jegliche Ähnlichkeit der Figuren in diesem Roman mit denen aus der Welt von Detektiv Conan oder aus der Welt von Fantomas sind selbstverständlich rein zufällig und natürlich so gar nicht beabsichtigt. Außerdem handelt es sich um einen satirischen Roman; also entspannen Sie sich liebe Leute von der BRD-Geheimpolizei.

Kapitel 1: Sonoko Sato kommt nach Deutschland

Es war ein kühler Frühlingsmorgen im schönen Tokyo. Sonoko Sato, die sich selbst als eine Meisterdetektivin identifizierte, hatte ihrer besten Freundin versprochen in deren Wohnung sowie im Büro ihres Vaters mal nach dem Rechten zu sehen. Der Vater ihrer Freundin, ein japanweit bekannter Privatdetektiv, war mit seiner Tochter und dem „Knirps" wie Sonoko den Jungen nannte der bei ihnen wohnte, in Urlaub gefahren. Sie wollten einen Freund in Osaka besuchen und Sonoko sollte innerhalb dieser Zeit einmal vorbeischauen, kurz die Wohnung und das darunter liegende Büro durchlüften, sowie die Pflanzen gießen. Das alles tat sie natürlich sehr gerne für ihre beste Freundin.
Als Sonoko mit der Wohnung fertig war, nahm sie sich das Büro vor, lüftete dort Sturm bei offener Tür und sah bei dieser Gelegenheit gleich nach der Post im Briefkasten. Außer etwas das nach Reklame aussah war jedoch nichts drinnen. Sonoko schloss Tür und Fenster wieder, legte die Post auf den Schreibtisch des Detektives und sagte zu sich selbst: „So. Fertig. Zeit die Innenstadt nach ein paar süßen Jungs abzusuchen."
Da klingelte das Telefon. Eigentlich hätte Sonoko den Anrufbeantworter das erledigen lassen können, aber aus Gewohnheit nahm sie ab. Dann bemerkte sie, dass sie ja gar nicht bei sich daheim war und so meldete sie sich mit: „Privatdetektiv Rogoko Wori's Büro, Sonoko Sato am Telefon."
Am anderen Ende der Leitung sagte eine freundliche Frauenstimme: „Schönen guten Tag, Yoko Sockino am

Apparat. Ist Herr Wori zu sprechen?"

„Tut mir leid, der ist gerade im Urlaub. Soll ich eine Nachricht für ihn hinterlassen?"

„Hätten Sie eine Nummer, unter der ich ihn im Urlaub erreichen könnte? Es ist wirklich dringend. Er und ich, wir kennen uns schon eine ganze Weile. Gefühlt 30 Jahre oder länger. Schon so manches Mal hat er mir geholfen."

„Was ist denn passiert, wenn ich fragen darf?", wollte Sonoko wissen.

„Leider Gottes bin ich in einen Mordfall hineingeraten und die Polizei erscheint mir alles andere als fähig ihn aufzuklären. Ich könnte wirklich Herrn Woris Hilfe gebrauchen."

Sonoko überlegte. *Soll ich wirklich Rogoko und meine beste Freundin in ihrem Urlaub stören? Eigentlich bin ich doch auch eine geniale Detektivin. Ich habe selbst schon so manchen Fall gelöst; zwar habe ich irgendwie keine Ahnung, wie ich das jedes Mal angestellt habe, aber bisher hat es sich immer praktisch wie von selbst ergeben und ich wurde zur Heldin des Tages. Warum sollte es diesmal anders sein?*

„Ich weiß nicht, ob Herr Wori es mal Ihnen gegenüber erwähnt hat, aber ich bin auch eine Meisterdetektivin. Vielleicht kann ich Ihnen helfen", bot Sonoko an.

„Oh, das wäre wunderbar. Nur hat die Sache einen kleinen Haken."

„Und der wäre?", fragte Sonoko.

„Der Fall, in den ich hineingeraten bin hat sich in Deutschland ereignet, genauer gesagt in Berlin. Ich bin für Dreharbeiten mit einigen anderen Leuten hergeflogen und einer von uns wurde erstochen.

Könnten Sie herkommen und bei der Lösung des Falles helfen? Die Flug- und Aufenthaltskosten würde ich Ihnen selbstverständlich erstatten; zusätzlich gäbe es ein fürstliches Gehalt", bot Yoko Sockino an.

„Nicht nötig", sagte Sonoko und winkte mit der Hand ab, was Yoko natürlich nicht sehen konnte.

Die Meisterdetektivin fügte hinzu: „Sehen Sie, für keinen der Fälle die ich gelöst habe, habe ich bisher Geld genommen. Ich gebe für gewöhnlich nie damit an, aber ich stamme aus einer recht reichen Familie. Also machen Sie sich wegen dem Geld keine Sorgen."

„Okay, danke. Haben Sie etwas zu schreiben zur Hand?"

Sonoko suchte in Herrn Wori's Schreibtisch nach Papier und Stift. „Ja", sagte sie, als sie beides gefunden hatte. Daraufhin gab ihr Yoko alle notwendigen Daten durch. Name und Adresse des Hotels, ihre Handynummer und noch ein paar Einzelheiten zu dem Fall an sich. Sonoko versprach sich sofort nach dem nächsten Flug nach Berlin zu erkunden und Yoko sobald wie möglich zur Hilfe zu kommen. „Wenn ich am Flughafen in Tokyo bin, melde ich mich wieder. Wir sehen uns dann bald in Berlin", versprach Sonoko.

Yoko dankte ihr und beide Frauen legten fast gleichzeitig auf. Sonoko strich sich durch ihre hellbraunen, fast dunkelblonden Haare. Dann holte sie ihr Handy hervor und suchte im Netz nach einem Flug nach Berlin. Kaum gefunden, buchte sie sofort einen Platz in der ersten Klasse und machte sich auf den Weg zum Flughafen. Zuvor machte sie noch einen kleinen Abstecher bei sich zu Hause, packte das Allernötigste ein und hinterließ eine Nachricht für ihre Verwandten.

Außerdem rief sie noch ihre beste Freundin an und informierte sie über die Übernahme des Falles. Bei ihr ging jedoch nur der Anrufbeantworter des Handys ran. Da ihre beste Freundin nicht ran ging, hinterließ Sonoko eine Nachricht, legte auf und konzentrierte sich nun erstmal voll und ganz auf ihre Mission.

*

Der Flug startete pünktlich in Tokyo und einige Zeit später kreiste das Flugzeug über dem Flughafen BER. Der Pilot teilte den Passagieren mit, dass es auf der Landebahn ein paar Schwierigkeiten gäbe und sie deswegen wohl mit Verspätung landen würden. Sonoko nutzte die Zeit, um noch ein wenig in ihrem Sitz vor sich hinzudösen. Ihr Sitznachbar sprach währenddessen mit seiner Begleitung und meinte: „So glaub mir doch Schatz, das ist so ähnlich wie in Alexander Merow's Roman 'Beutewelt IV: Die Gegenrevolution'. Dieses 'Bündnis Sarah Wagenknecht' ist nur eine Scheinopposition, um die echte Opposition zu schwächen. Das sieht man daran, dass die mit der nicht zusammen arbeiten wollen, aber dafür mit allen anderen koalieren möchten."
Sonoko hatte keine Ahnung, was dieses Bündnis war. Sie war ja auch gekommen, um einen Mordfall zu lösen; Politik interessierte sie nicht. Jedoch sollte sie bald merken, dass im heutigen Deutschland erstens alles politisch geworden war und dass man sich zweitens zwar nicht für die Politik interessieren konnte, sich aber

9

die Politik trotzdem für einen selbst interessierte.

Ungefähr drei Stunden später konnte das Flugzeug aus
Japan endlich auf dem BER landen. Sonoko stieg
genervt aus und traf nach ein paar Schritten auf eine
erleichtert dreinschauende Yoko. Die hübsche junge
Frau mit den langen blonden Haaren empfing sie
fröhlich. Natürlich hatte Yoko nach Sonoko im Netz
gesucht und wusste so wie diese aussah. Umgekehrt galt
dasselbe. Sonoko und Yoko verneigten sich höflich vor
einander und dann erklärte Yoko: „Wir hatten leider
ganz vergessen, dass ich auch Ihre Nummer benötigt
hätte. Sie haben zwar meine, ich aber Ihre leider nicht."
„Hat Ihr Handy meine Nummer nicht gespeichert, als
ich Sie vom Flughafen in Tokyo aus angerufen habe?",
wollte Sonoko wissen.
„Nein, ist ehrlich gesagt ein älteres Modell. Ich habe es
vor allem aus nostalgischen Gründen", gestand Yoko.
„Na ist ja nicht so schlimm", winkte Sonoko ab.
„Tja, nun verhält es sich aber so, dass die Polizei den
Fall inzwischen doch gelöst hat", berichtete Yoko.
„Oh", sagte Sonoko daraufhin nur und fügte nach einer
kurzen Pause doch noch hinzu: „Tja, was soll man
machen? So oder so hätte ich ja im Flugzeug nach
Berlin gesessen und wäre hier her gekommen, nicht
wahr?"
„Stimmt, der Fall wurde erst gelöst als Sie schon in der
Luft waren. Wollen wir vielleicht eine Kleinigkeit essen
gehen? Dann erzähle ich Ihnen, was sich zugetragen hat.
Ich lade Sie natürlich ein", bot Yoko an.
„Einverstanden."
Also machten sich die beiden Frauen auf den Weg zu

einem nahegelegenen McDonalds.

*

Sonoko und Yoko bestellten sich jeweils ein paar
Pommes und Milchshakes dazu. Gratis zu dieser
bescheidenen Bestellung bekamen sie zwei in
Briefumschläge verpackte Geschenke. Sie gingen an
einen freien Tisch. Sonoko begann dort zu essen und
Yoko zu berichten: „Wir kamen vor ein paar Tagen wie
geplant in Berlin an. Na ja, mit etwas Verspätung, aber
damit hatte der Filmemacher irgendwie schon
gerechnet. Jedenfalls geschah dann hier am Flughafen
ein Mord. Einer aus unserer Truppe, ein gewisser
Katsuhiko Kaiba wurde auf dem Herrenklo erstochen.
Wir wurden erstmal stundenlang befragt und als wir
endlich ins Hotel gehen durften folgte ein langes
Rätselraten darüber, wer von uns ihn ermordet haben
könnte. Immerhin kannte er ja niemanden hier in Berlin.
Er war noch neu in der Filmbranche und lediglich ich
kenne hier in der Stadt ein paar Leute; die meisten übers
Internet. So bin ich ja auch auf den Regisseur
gestoßen, der Schauspieler für seinen neuen Film
suchte. Auf alle Fälle überlegten wir hin und her und
schlussendlich kam ich auf die Idee, doch Herrn Wori
anzurufen. Die Polizei erschien mir nicht in der Lage
den Fall zu lösen. Also rief ich ihn an, Sie gingen ans
Telefon und kamen her. Und dann hat die Polizei den
Fall doch zufällig gelöst."
„Und wer hat es getan?", fragte Sonoko neugierig,

während sie noch an einer Pommes kaute.

„Niemand aus unserer Gruppe. Aber jemand der zufällig im selben Hotel gelandet war wie wir. Als er unsere Gruppe in der Hotellobby erblickte, zog er ein Messer heraus und ging auf uns los. 'Euch töte ich wie diesen anderen Ungläubigen auf dem Flugzeugklo!', schrie er uns an."

„Moment. Wurde Kaiba nicht auf dem Herrenklo des Flughafens ermordet?", fragte Sonoko.

„Richtig, aber darüber dachten wir in dem Moment nicht nach. Überhaupt schien mir der Täter nicht gerade gut mit Worten umgehen zu können. Er stürmte auf uns zu, aber zwei Hotelangestellte überwältigten ihn. Dann kam die Polizei und wollte erstmal die Hotelangestellten verhaften. 'Das sind zwei Rassisten', meinten die Beamten.

'Allahu Akbar! Ich schlachte alle Ungläubigen!', rief währenddessen der Täter.

Dann konnte er sich losreißen und beruhigte sich erst wieder als eine Polizeibeamtin vor ihm niederkniete und ihm anbot, ihn oral zu befriedigen. Das Angebot nahm er an. Währenddessen sah sich eine genervt wirkende türkische Polizistin die Tasche des Täters an. Zwei Beamte diskutierten währenddessen. Der eine meinte: 'Er hat einen Migrationshintergrund. Wir müssen ihn anbeten.'

Der andere entgegnete: 'Aber diejenigen auf die er losging sind doch auch Ausländer'.

Darauf wieder der erste: 'Schon, aber arabische Migranten stehen bei uns höher im Kurs als Asiaten. Und die eine Asiatin sieht fast wie eine Weiße aus und Weiße sind völlig unwichtig'.

Damit meinte er mich. Dann meldete sich plötzlich die türkischstämmige Beamtin zu Wort: 'Hey! Der Typ ist ein Nazi! Er hat eine Ausgabe von Hitlers 'Mein Kampf' im Gepäck!'

Daraufhin hörte die eine Polizistin auf den Täter oral zu befriedigen, fast alle anderen zogen ihre Waffen und erschossen ihn, noch bevor er sich zu dem Buch in der Hand der türkischen Beamtin äußern konnte. Nachdem der Täter von Kugeln durchsiebt in der Hotellobby lag, sah sich einer der Beamten das Buch in den Händen der Türkin an. 'Ich dachte der Typ war Araber. Warum ist das dann eine türkische Ausgabe von Hitlers Buch?', wollte er wissen.

Die türkische Beamtin setzte eine Unschuldsmine auf und meinte nur: 'Keine Ahnung. Hättet Ihr ihn nicht gleich abgeknallt, könnten wir ihn fragen.'

Und das war's dann im Grunde. Seine Leiche wurde abtransportiert, das Messer passte zur Stichwunde in Kaibas Leiche und Sie sind leider umsonst hergeflogen", fasste Yoko den Fall zusammen.

„Nun, vielleicht sollte ich mich auf den Rückweg machen. So ein Rückflug ist sicher schnell gebucht", meinte Sonoko.

Yoko überlegte. Dann schlug sie Sonoko folgendes vor: „Oder aber Sie bleiben noch eine Weile und leisten mir Gesellschaft. Um ehrlich zu sein würde ich mich nach diesem Vorfall mit einer Meisterdetektivin an meiner Seite sicherer fühlen. Außerdem könnten Sie live dabei sein wenn ein Film gedreht wird."

Nun war es an Sonoko kurz zu überlegen. „Na gut", erklärte sie sich einverstanden.

Yoko nickte zufrieden. Dann aßen sie beide ihre

Pommes auf, tranken ihre Milchgetränke aus und öffneten ihre Überraschungsumschläge. „Na so was, ein bereits abgestempelter deutscher Pass. Ich bräuchte nur noch ein Foto von mir einkleben", bemerkte Sonoko. „Davon habe ich schon sechs. Die deutschen Pässe bekommt man gratis zu jeder Bestellung dazu. Ist nichts Besonderes", entgegnete Yoko ein wenig gelangweilt. „Ach so. Na ist ja mein erster; ich behalte ihn erstmal", beschloss Sonoko und steckte das Ding ein.

Nach dem Essen fuhren sie mit Yokos Mietwagen zu einem Hotel. Yoko hatte sich darum gekümmert, dass Sonoko dort ebenfalls ein Zimmer zur Verfügung stand. „Ist Ihr Führerschein hier in Deutschland eigentlich gültig?", fragte Sonoko vom Beifahrersitz aus.

„Der Autovermieter meinte ja. Er sagte, ich sei Ausländerin und dadurch sei ohnehin alles was ich hierzulande mache nicht nur legal sondern anbetungswürdig."

„Aha."

Im Hotel angekommen erklärte Yoko: „Es ist schon spät. Ich denke, ich stelle Ihnen den Rest der Truppe lieber erst morgen vor. Dann erzähle ich Ihnen auch mehr über den Film. Schlafen Sie gut; ich hoffe Ihnen gefällt Ihr Zimmer."

„Gute Nacht", wünschte Sonoko ihr und ging in ihr Zimmer.

Es war ein schönes, geräumiges Zimmer mit einem Bett für zwei. Sonoko ging nach der langen Reise erstmal duschen, zog nach der Dusche einen schneeweißen Bademantel an und legte sich im Bademantel ins Bett. Sie schlief sehr gut diese Nacht. Der lange Flug hatte sie viel Kraft gekostet, sodass sie mit einem Gefühl einpennte, sich den Schlaf redlich verdient zu haben.

*

Am nächsten Morgen wurde Sonoko von Yoko's Klopfen an der Tür geweckt. „Fräulein Sato, das Frühstück ist bereits im Speisesaal serviert!", rief Yoko durch die Tür.

„Ich komme in ein paar Minuten!", antwortete Sonoko ausgeruht.

Sie stand auf, zog sich an und gesellte sich kurz darauf zu Yoko Sockino in den großen Saal. Dort gönnte sie sich ein paar leckere Brötchen, die sie selbst mit Butter und Käse belegte. Dazu ein schöner Saft und Sonoko war zufrieden. „Und? Wie geht es Ihnen heute?", fragte Sonoko an Yoko gewandt.

„Den Umständen entsprechend gut. Immerhin haben wir den Mordfall gut überstanden ...", antwortete Yoko.

„Sagen Sie, wann lerne ich die anderen Leute aus Ihrer munteren Truppe kennen?", wollte Sonoko als Nächstes wissen.

„Bedauerlicherweise frühestens wenn wir wieder in Japan sind. Sie alle haben letzte Nacht beschlossen, Berlin den Rücken zu kehren, das Projekt abzublasen und wieder heim zu reisen. Der ganze Vorfall war ihnen einfach zu viel. Kann ich verstehen."

„Oh. Schade ist das aber trotzdem. Ist das Filmprojekt damit gestorben?"

„Nein, das nun nicht gleich. Sie hätten ja nur als Nebendarsteller fungiert. Die Hauptperson wird von mir

15

gespielt. Ich hatte auch schon überlegt abzusagen, aber ich fürchte es schadet der Karriere, wenn man erst für eine Rolle zusagt und dann einfach abspringt."

„Aber Fräulein Sockino, haben das die anderen nicht auch gemacht?", wandte Sonoko ein.

„Natürlich haben sie das, aber sie sind ja nicht die Hauptdarstellerin. Das sind alles eher unbekannte Kollegen; zumindest in Deutschland kennt sie keiner. Die müssen sich keine Sorgen um ihren internationalen Ruf machen. Aber ich schon. Meine Musik wird weltweit verkauft, aber Filme habe ich bisher fast nur in Japan gemacht. Nun in Deutschland eine Hauptrolle zu übernehmen; das ist eine enorme Möglichkeit bekannter zu werden. Aber wenn ich als tragende Rolle und eher höhergestellte Schauspielerin plötzlich abspringe, könnte man mir das richtig übel nehmen. Ich glaube in Hollywood sagt man dazu 'Geblackmarkt' oder 'Geblackmarket'..."

„Ich verstehe. Also bleiben Sie noch eine Weile in Deutschland", stellte Sonoko fest.

„Richtig. Und Sie auch, hoffe ich. Dann bin ich hier nicht so allein."

„Ja, ich bleibe. Zumindest noch eine Weile. Aber sagen Sie, was ist denn mit Ihrem Manager? Oder Ihrem Agenten? Sind die nicht auch hier?"

„Ach wissen Sie, da gab es früher mal so einen Vorfall. Im Rahmen dessen habe ich damals auch Herrn Wori kennengelernt. Fühlt sich an als sei es Jahrzehnte her, dabei bin ich erst 22", meinte Yoko.

„Wenn Sie nicht darüber reden möchten, ist das völlig in Ordnung", entgegnete Sonoko.

„Vielleicht ein andernmal. Auf alle Fälle bin ich seitdem

eher skeptisch was Manager betrifft."

Sonoko sagte nichts dazu. Also fügte Yoko hinzu: „Wie auch immer. Ich schlage vor, nach dem Frühstück rufe ich den Regiesseur mal an und bespreche mit ihm, wann wir zwei zum Set kommen sollen. Ich hatte gestern Nacht eine ziemlich lange Unterhaltung mit ihm, weil die ganzen Nebenfiguren abgesprungen sind. Am Ende hatte er aber Verständnis und meinte, man würde schon Neue finden. Das Wichtigste für den Film bin seiner Meinung nach Ich."

„Das wird er schon ganz richtig einschätzen", schätzte Sonoko.

„Nehme ich auch an", stimmte Yoko ihr zu.

„Hat der Regiesseur das Hotel hier ausgesucht?", wollte Sonoko wissen.

Yoko nickte. „Also in dieser Hinsicht hat er schon mal Geschmack. Ein sehr schönes Hotel", fand sie und beschloss sich noch ein warmes Brötchen zum belegen zu holen.

*

Die beiden Frauen frühstückten noch sechszehn Minuten mit einander und dann rief Yoko den Regiesseur an, um bescheid zu sagen, dass Sie mit einer Begleiterin heute ins Filmstudio kommen würde. Am anderen Ende der Leitung sagte der Regiesseur: „Kein Problem. Kommen Sie ruhig vorbei. Wir suchen derzeit Ersatz für diejenigen die abgesprungen sind. Das Projekt wird sich also, wie wir bereits in der Nacht am

Telefon besprachen, etwas verzögern, aber Sie werden selbstverständlich auch für die Tage bezahlt, an denen Sie nicht aktiv arbeiten müssen. Die Bezahlung läuft ab dem Tag wo Sie hier in Deutschland landeten."

„Ich weiß, ich weiß. Alles klar. Ich bin übrigens positiv überrascht, dass die deutsche Filmindustrie über so viel Geld verfügt, um das so zu regeln", meinte Yoko.

„Ist alles kein Problem. Wir bekommen massenhaft Filmförderung von den Ländern Berlin und Brandenburg. Ich weiß nun nicht, wie das bei Ihnen in Japan so ist, aber die BRD ist in Bundesländer unterteilt und jedes Bundeland kann Filmfördergelder vergeben. Und da wir sowohl in Berlin als auch in Brandenburg drehen, bekommen wir von beiden Bundesländern Fördergelder. Und zwar jede Menge", wurde Yoko am Telefon erklärt.

„Und wo kommen diese Fördergelder her?", interessierte Yoko nun.

„Aus der Staatskasse natürlich. Also vom Steuerzahler", lautete die fröhliche Antwort des Regiesseurs.

„Verstehe."

„Geld spielt also für uns keine Rolle", fügte er noch hinzu.

„Alles klar", entgegnete Yoko.

Der Regiesseur verabschiedete sich mit einem freundlichen „Bis nachher" und legte auf.

Yoko wandte sich wieder an Sonoko: „Wir können dann ruhig bald aufbrechen. Ich fahre uns hin. Habe auf meinem Handy eine Navi-App installiert; die weist uns dann den Weg."

„Sehr gut", meinte Sonoko.

„Da die Fahrt ein bisschen dauern kann, sollten wir

18

ausreichend zu trinken mitnehmen", fügte Yoko noch
hinzu.

„Kein Problem."

Also packten sie noch rasch ein paar Getränke ein und
machten sich auf den Weg.

*

Die Fahrt dauerte eine ganze Weile und sogar länger als
geplant, denn kaum aufgebrochen standen sie plötzlich
im Stau. Es dauerte eine gefühlte Ewigkeit, bis der Stau
endlich aufgelöst wurde. Im Wagen vor ihnen schaute
sich ein kleiner Junge auf einem in die Rückenlehne des
Beifahrersitzes eingebauten Fernseher eine Folge der
Krimiserie „Monk" an. Sie trug den Titel „Mr. Monk
steckt im Stau" und passte daher gut zu der aktuellen
Situation.

Sonoko nutzte die Gelegenheit und schaute sich ganz
genau die Landschaft links und rechts der Autobahn an.
Es waren viele schöne Häuser und Bäume zu sehen;
verschandelt lediglich von sich nicht drehenden
Windrädern in der Ferne. Ein paar Stunden später
kamen sie endlich am Set an, wo Sonoko eine ganze
Menge Überraschungen erleben würde.

Kapitel 2: Blücher und der Film

Am Filmstudioeingang wurden Yoko und Sonoko sofort vom Wachmann hineingelassen. Zielsicher führte Yoko ihre Begleiterin an den verschiedenen Gebäuden vorbei. Bei fast allen handelte es sich um große graue Hallen. „Von außen sehen sie alle gleich aus, aber innen werden viele verschiedene Filme gedreht", bemerkte Yoko.

Das hatte sich Sonoko schon gedacht. Als sie vor Halle Nr. 16 ankamen, wartete bereits ein dicklicher Mann auf sie. Er begrüßte Yoko herzlich, wenn auch etwas umständlich. Da er Yoko die linke Hand reichte, musste sie ihm ebenfalls ihre Linke reichen. *Das letzte Mal begrüßte er mich noch mit einer Verbeugung. Ein wankelmütiger Mensch*, dachte Yoko.

Dann stellte ihm die gute Yoko Sonoko vor. Freundlich schüttelte der Regisseur ihr ebenfalls die Hand, wobei er ihr nicht in die Augen, sondern eher eine Etage tiefer hinschaute.

Nachdem sie einander vorgestellt worden waren, fragte der Regisseur Sonoko, ob Yoko ihr erzählt hatte worum es in dem Film geht? „Nun, ich weiß, dass sie die Hauptrolle spielt", antwortete Sonoko.

„Ganz recht. Die gute Yoko Sockino spielt Feldmarschall Blücher, der einst Napoleon besiegte", verkündete der Regisseur.

„Aha", sagte Sonoko und überlegte kurz.

Dann fiel ihr ein: „Moment! War dieser Blücher nicht eigentlich ein Mann? Ich bin zwar keine Fachfrau für Geschichte, aber ich glaube Blücher war ein Kerl. Und die gute Yoko Sockino ist eindeutig eine Frau, oder?"

„Ganz eindeutig", entgegnete der Regisseur und schaute dabei auf Yokos Vorbau.

Der denkt wohl nur an das eine, dachte Sonoko genervt. Während sie das dachte, meinte der Regisseur: „Sehen Sie, die Katharina Tahlbach hat mal Friedrich den Großen gespielt und ihre Tochter Anna Thalbach spielte ebenfalls Friedrich; die eine spielte ihn in jung und die andere in alt. Also dachte ich mir, warum könnte ich das nicht auch mit Blücher so machen?"

„Aber Fräulein Sockino ist doch Asiatin. Gut, sie und ich sehen zwar schon etwas europäisch aus, aber trotzdem..."

„Ach, das macht doch nichts. Letzten Endes sind wir ja alle gleich", winkte der Regisseur ab.

Sind wir nicht. Ich schaue Yoko zum Beispiel nicht dauernd auf den Busen. Zu diesem Thalbachfilm kann ich nichts sagen; habe ich nicht gesehen, aber er klingt ziemlich fragwürdig, entgegnete Sonoko in Gedanken.

„Wollen wir uns das Set ansehen?", fragte Yoko, um die Stimmung wieder etwas aufzulockern.

Sie merkte wohl, dass Sonoko ein wenig genervt war.

„Ja, klar", stimmte ihr der Regisseur zu.

Also gingen sie hinein und schauten sich ein wenig die Kulissen an. Sonoko hatte zwar keine Ahnung von solchen Studioarbeiten, aber selbst sie merkte sofort das die Kulissen schon etliche Male benutzt worden waren. Trotzdem fragte sie: „Wie viel haben die Kulissen denn gekostet?"

„3.000.000 Euro", lautete die Antwort.

In Gedanken fügte der Regisseur hinzu: *Zumindest steht das auf dem Beleg. Inoffiziell haben der Händler und ich uns natürlich 70 Prozent selbst in die Taschen gesteckt.*

Sonoko würdigte diese Antwort mit einem skeptischen Blick. Sie wurde jedoch abgelenkt, als ein gut aussehender Statist mit kurzen schwarzen Haaren an ihnen vorbei spazierte und ihr zulächelte. *So ein süßer Typ*, dachte Sonoko und vergaß für einen Augenblick ihre instinktive Abneigung gegen den Regiesseur.

Yoko hingegen fragte, wann sie das Drehbuch sehen könnte? „Ich denke heute Abend", lautete die Antwort. „Oh. Dann dauert es noch ein wenig?", wollte Yoko wissen.

„Nun, es müssen noch ein paar Kleinigkeiten korrigiert werden. Nichts Schlimmes. Nur ein paar Redewendungen aus der damaligen Zeit, die korrekt eingebaut werden müssen. Praktisch ein letzter Schliff", beruhigte sie der Regiesseur und dachte dabei: *Verdammt. Hoffentlich habe ich den Stuss bis heute Abend fertig.*

Dann fiel ihm ein, wie er die beiden Damen bis dahin beschäftigen könnte: „Sehen Sie sich ruhig das Set an. Und wenn Sie mögen, nutzen Sie den Pausenraum. Dort gibt es veganes Essen."

„Danke", sagte Yoko.

Sie und Sonoko schauten sich noch ein wenig um und gingen dann in den Pausenraum. Das vegane Essen schmeckte furchtbar. „Würg. Also bei uns in Japan gibt es einige Lokale, die richtig gutes veganes Essen zubereiten können. Aber bei solch einem Laden haben die das wohl offensichtlich nicht bestellt. So ein Mist", beschwerte sich Sonoko bei Yoko.

„Da haben Sie leider recht. Tja, wir könnten uns noch eine Weile das Set anschauen. Oder aber wir führen ein

paar Nachforschungen zu Herrn Blücher durch. Dann kann ich mich besser in die Rolle hineinversetzen."
„Ich bin für die Nachforschungen", verkündete Sonoko. Yoko nickte und so machten sie sich an die Arbeit.

*

Ein paar Stunden später hatten Yoko und Sonoko viel herausgefunden. Sonoko hatte mehr nach den Eckdaten des Lebens von Blücher gesucht und Yoko nach interessanten Geschichten, die ihr halfen sich in die Figur besser hineinversetzen zu können.
„Immerhin weiß ich nun genau, wer Blücher war. Einfach zusammengefasst: Er hieß mit vollem Namen Gebhard Leberecht von Blücher und war ein preußischer Generalfeldmarschall, der im 18. und 19. Jahrhundert lebte. Er wurde am 16. Dezember 1742 in Rostock geboren und spielte eine bedeutende Rolle in den napoleonischen Kriegen. Blücher war bekannt für seine Tapferkeit und Entschlossenheit im Kampf gegen Napoleon Bonaparte. Er führte die preußischen Truppen in der Schlacht bei Waterloo im Jahr 1815, die entscheidend für den Sieg der Alliierten über Napoleon war. Blücher starb am 12. September 1819 in Krieblowitz. Sein Vermächtnis als einer der großen Militärführer seiner Zeit lebt bis heute fort", meinte Sonoko.
„Ja, aber 'einfach zusammengefasst reicht mir natürlich nicht. Darum habe ich mir einiges zu seiner Person angelesen. Offenbar gibt es sogar ein ganzes

Anekdotenbuch mit dem Titel 'Mein Weg nach Waterloo' über ihn. Generell sind die Geschichten über ihn sehr interessant und manchmal auch recht lustig", fand Yoko.

„Na dann erzählen Sie mal", bat Sonoko.

„Gerne. Zum Beispiel gibt es da die Geschichte, in der er während eines Essens neben einer Dame saß, die versuchte, ihn in ein Gespräch zu ziehen, während er seine Suppe löffelte. Schließlich wischte er sich den Schnurrbart und sagte durch einen Dolmetscher: ‚Madame, was für wundervolle weiße Hände haben Sie doch.' Worauf sie geziert erwiderte, sie ‚trage Kalbslederhandschuhe', um ihre Hände zu schützen. Blüchers Antwort: ‚Lady, ich trage Kalbslederhosen, aber sie tun gar nichts für meinen Arsch.'"

„Oh mann", sagte Sonoko nur.

„Da gibt es aber noch eine Bessere und vor allem längere Geschichte. Soll ich Ihnen die auch erzählen?", wollte Yoko wissen.

„Sicher."

„Also. Die Geschichte beweist, anders als die eben erzählte Anekdote, dass der Blücher ein gutes Herz hatte. Als Blücher noch Leutnant war, kam an einem Spätherbstabend der Unteroffizier Werner in sein Zimmer, wo er mit zwei Kameraden beim Spiel saß, um seine Meldung zu machen. Der sonst so fröhliche und schmuck aussehende Soldat setzte heute eine sehr trübselige Miene auf, so dass Blücher ihn anrief: ‚Zum Kuckuck, Werner, was ist dir denn über die Leber gelaufen? Du siehst ja aus, als wäre dir die Petersilie verhagelt?'

Der Unteroffizier antwortete: ‚Halten zu Gnaden, Herr

Leutnant, ich habe wirklich großen Kummer, der macht mich seit vielen Tagen ganz elend.'

‚Na, was ist denn los? Hier trink erst einmal, und dann schütte dein Herz aus. Mir kannst du alles anvertrauen', bot Blücher daraufhin an.

‚Herr Leutnant! Halten zu Gnaden, aber es handelt sich um die Lina, des Regimentsschreibers Schmalk Tochter. Wir beide haben uns von Herzen lieb, können aber nicht zusammenkommen, weil der Alte sie durchaus mit seinem Nachbarn, dem reichen, geizigen Bäcker Schwan verheiraten will.'

‚Sieh mal an, die Lina! Du hast gar keinen schlechten Geschmack. Aber der Alte taugt nichts und hat sein braves Weib schon zu Tode geärgert', erinnerte sich Blücher.

‚Und dann muss man sich noch sagen lassen, dass man ein Hungerleider ist und nicht wert, die Lina zu besitzen.'

‚Das sieht dem Schuft ähnlich, dir so etwas zu sagen. Er hat ja sein Geld mit allerlei schmutzigen Händeln verdient.'

‚Das hätte ich ihm gerne ins Gesicht gesagt, aber vor den Ohren der Lina, die neben ihm stand, wollte ich doch den Vater nicht schlecht machen.'

‚Das ist nett von dir, Werner. Wir wollen's dem Alten schon besorgen.'

‚Ja', sagte Werner und fügte hinzu: ‚das Schlimmste ist, dass morgen die Geschichte mit dem Bäcker fertig gemacht werden und dann auch bald die Hochzeit sein soll. Und die Lina will doch den alten dickbäuchigen Teigkneter durchaus nicht. O, es ist zum Verzweifeln!'

‚Nur Ruhe, Werner', sagte Blücher und überlegte kurz.

Dann sagte er: ‚Lass mich nur machen! Dem Alten wollen wir mal einen Spuk spielen. Weißt du, alle Geizhälse sind furchtbar abergläubisch – und Schmalk soll es erst recht sein. Er soll große Angst haben, dass ihm seine verstorbene Frau, die er so niederträchtig behandelt hat, des Nachts erscheint. Diese Nacht wollen wir sie ihm erscheinen lassen und ihn dann so lange quälen, bis er verspricht, dir seine Lina zu geben.‘

‚Ja, aber wie wollen wir das machen?‘, fragte Werner.

‚Das lass nur meine Sorge sein. Sorge du dafür, dass übernächste Nacht Schlag 12 Uhr das Haus des Alten offen ist und wir hinein können. Das andere findet sich.‘

Werner machte ein höchst vergnügtes Gesicht und sagte: ‚Was der Herr Leutnant einmal vorhaben, das tut er auch‘, und dann nahm er Abschied.

Wirklich kam am andern Tage der Bäckermeister mit seiner Perücke auf dem Kopfe und den alten gelben Zähnen im Munde und dem dicken Leib vor sich zu Lina, um ihr einen Antrag zu machen. Er wusste viel zu erzählen von seinem Reichtum und wie gut es die Lina haben sollte bei ihm. Er würde sie auf Händen tragen und so weiter. Aber das brave Mädel fertigte ihn sehr kurz ab und schickte ihn so heim, dass er das Wiederkommen ein- für allemal aufsteckte. Am folgenden Tag war Jahrmarkt in dem Städtchen und von außerhalb waren viele Gutsbesitzer gekommen. Die saßen im ‚Herrenstüblein‘ bei Limprecht zusammen und tranken ihr Schöpplein Wein. Auch Blücher war da. Man unterhielt sich auf das Eifrigste über dies und das; und zuletzt kam's zum Spielen. Blücher war bekanntlich ein leidenschaftlicher Spieler, verlor aber gewöhnlich, diesmal jedoch gewann er einen ganzen Haufen

Dukaten. Da trat der gemütliche Wirt zu ihm und flüsterte ihm etwas ins Ohr. ‚Jawohl', sagte Blücher, steckte seinen Gewinn ein und entfernte sich schnell von der Gesellschaft.

‚Was mag er denn vorhaben?', fragten sich die andern.

‚Lasst ihn nur, er hat etwas Gutes vor', antwortete ein Leutnant, der mit dabei war, als Werner sein Unglück erzählte.

Die Uhr des alten Rathausturmes schlug knarrend die zwölfte Stunde. Im Hause des Vaters Schmalk herrschte tiefste Ruhe. Er lag schnarchend im Bette und schlief den Schlaf des Gerechten, denn er hatte vor Wut über seinen fehlgeschlagenen Plan etwas viel getrunken und tüchtig geraucht. Da tat sich die Haustür auf und es traten zwei Gestalten ein. Unten auf der Diele machte der eine Toilette; er zog sich eine Maske über das Gesicht und nahm eine Stall-Laterne in die Hand. Die Maske war ganz der verstorbenen Frau des Schmalk ähnlich. Leise ging's die Treppe hinauf. Die Schlafzimmertür des alten Wucherers wurde geöffnet und die weiße Gestalt ließ den Lampenschein auf den Schläfer fallen. Als dieser die Augen aufschlug, kriegte er einen Todesschrecken und schrie laut auf: ‚Alle guten Geister loben Gott den Herrn!', und dann ächzte er: ‚Ach, du bist es, liebe teure Therese? Ich weiß, was du willst! Du willst mich strafen, Therese. Rede, rede!'

Aber die weiße Gestalt, die sich zu übermenschlicher Größe erhoben hatte, gab keinen Laut von sich. ‚Nein, nein, der Schwan soll die Lina auch nicht haben!', rief Schmalk, über und über vor Schweiß triefend.

Die Gestalt schüttelte nur langsam das Haupt. ‚Sie soll den Unteroffizier haben, ich will dir gern zu Willen sein.'

Jetzt nickte die Gestalt und sagte mit Grabesstimme: ‚So schwör!'

‚Nun ja, ich schwöre', rief der Geizhals und hob die drei Schwurfinger hoch.

‚Aber jetzt gehe fort, Therese, ich sterbe sonst, wenn du noch länger bleibst!'

Die Gestalt entfernte sich langsam, die Tür leise schließend.

Alles wäre glatt abgelaufen, wäre nur nicht der Geist auf das Bettlaken getreten und hätte er sich nicht darin verwickelt und wäre er nicht mit großem Gepolter die ganze Treppe hinuntergestürzt! Jetzt atmete Schmalk auf, machte Licht, zog sich rasch an und eilte ebenfalls die Treppe hinunter. Da sah er denn den entkleideten Geist und Werner samt der Lina bei einander stehen.

‚So, ihr seid's, ihr verdammten Halunken, die ihr den Geist meiner Therese beschwört? Das soll euch aber schlecht bekommen!'

Jetzt trat Blücher, denn kein anderer war der Geist, hervor und hielt ihm eine Standrede, die sich gewaschen hatte. ‚Was, du alter Sünder, willst uns hier Vorwürfe machen? Schäme dich, dass du dein Kind so quälst mit dem alten Teigkneter. Mach an deiner Lina wieder gut, was du bei der seligen Frau, der guten Therese, versäumt hast. Du hast heilig und teuer geschworen, jetzt gibt's kein Zurück. Denn verschworen – verloren!'

‚Dem Habenichts soll ich mein Kind geben? Niemals!'

‚Halt', rief Blücher, ‚das ist nicht wahr. Er ist der bravste Mann im ganzen Regiment und wird nächstens Wachtmeister. Dazu ist er auch nicht arm, denn er hat ein Kapital von 400 Talern. Hier ist es!'

Und dabei fasste er in die Tasche und zog das Beutelchen mit Gold hervor, welches er gewonnen, und gab es Werner. Dieser war sprachlos über die Gutmütigkeit seines Leutnants und auch der alte Schmalk wurde ganz weich, als er das Geld sah. ‚Nun', rief Blücher, ‚was sagt Ihr dazu? Soll's jetzt sein oder nicht sein?'

‚Ich muss ja wohl einverstanden sein; aber was wird Schwan dazu sagen?'

‚Dafür lasst mich sorgen. Ich werde mich schon mit dem alten Spitzbuben auseinandersetzen; der nimmt einmal kein glückliches Ende!'

Dann fasste er die Hände der Beiden, legte sie ineinander und sagte: ‚So, nun seid vergnügt, euer Wunsch ist erfüllt. Ladet mich aber zur Hochzeit ein – und Pate eures ersten Kindes will ich auch werden.'

Die Hochzeit fand nach einem Jahre statt und Blücher feierte sie in freudiger Stimmung mit. Auch der alte Schmalk, der inzwischen eingesehen hatte, welch prächtigen Schwiegersohn der bekommen, war in fröhlichster Laune und wollte Blücher sogar das Geld wieder einhändigen, was dieser aber zurückwies. Doch konnte Blücher es nicht unterlassen, ihn zu fragen: ‚Na, Alter, ist Euch Eure Therese nicht erschienen, um Euch zu danken?'

Der alte Schmalk schüttelte lächelnd den Kopf. Übrigens war er auch in diesem Jahre ein ganz anderer Mensch geworden und hatte den Geizteufel ausgetrieben. Außer den Beteiligten hatte vorerst niemand etwas von der Geistererscheinung erfahren."

„Gute Geschichte", lobte Sonoko.

„Tja, er war offenbar ein feiner Kerl. Trotz seiner

rustikalen Redewendungen darf man sich Blücher nicht etwa als einen groben Klotz vorstellen. Er konnte, wenn er wollte, von bezaubernder Liebenswürdigkeit sein und war besonders schönen Frauen gegenüber oft von geradezu verführerischer Galanterie. So gelang es ihm auch noch, im späten Alter das Herz eines jungen Mädchens zu erobern, das ihn bis an sein Lebensende zärtlich geliebt und sorgsam gepflegt hat. Als er bei ihrem Vater, einem hohen Staatsbeamten, offiziell um ihre Hand anhielt, war dieser durchaus nicht geneigt, sein reizendes, junges Kind dem alten Haudegen zur zweiten Frau zu geben, um so weniger, als die Söhne aus seiner ersten Ehe längst erwachsen waren. Aber Marschall Vorwärts ließ sich durchaus nicht abtrösten, sondern sagte höchst energisch: ‚Dat Mädel will mir aber. Da ist nischt zu machen!'"

„Auch nicht schlecht. Haben Sie noch weitere Geschichten über Blücher herausgefunden?", wollte Sonoko wissen.

„Ja. Eine hätte ich noch. Blücher musste auch mal als eine Art Richter arbeiten. Das fiel in seine Zeit in Stargard. Besagte Stadt liegt in Hinterpommern. Im Rahmen dieser Tätigkeit musste er sich auch um die Kriegsgerichtsverhandlung gegen die Schillschen Offiziere kümmern. Der Hintergrund war folgender: Am 28. April 1809 verließ Schill mit seinem Regiment Berlin ohne Erlaubnis des Königs. Am 25. Mai gelang ihm die Einnahme von Stralsund. Bei dem Gegenangriff der französischen Truppen am 31. Mai konnte er die Stadt nicht halten. Er wurde tödlich verletzt, seinen Truppen gelang teilweise die Flucht. Blücher als Oberkommandierender in Pommern nahm im Juni etwa

1.100 Mann in Verwahrung. Die zurückgekehrte Unteroffiziere und Mannschaften wurden größtenteils in die preußische Armee aufgenommen. Gegen 43 Offiziere wurde ein kriegsgerichtliches Verfahren eröffnet. Das erste preußische Kriegsgericht trat am 10. August in Stargard unter Vorsitz von Blücher zusammen. Der König musste die Balance halten zwischen den französischen Forderungen und einer ehrenvollen Verurteilung der Offiziere. Die Wahl von Blücher als Vorsitzenden deutete darauf hin, dass man kein hartes Urteil wollte. Blücher selbst hatte den König immer wieder zum Krieg gegen Frankreich überreden wollen. Die Urteile am 19. September 1809 und 27. Mai 1810 fielen für die Offiziere günstig aus, es wurde auf Freispruch oder Festungshaft erkannt. Das ergab der Karriere der Offiziere keinen Abbruch. 14 von ihnen erreichten später den Generalsrang. Blücher schrieb an seine Frau. ‚Schill ist als braver Mann gestorben, seine Kollegen haben gleichfalls brav getan.'"

„Geschichten aus einem bewegten Leben. Ich habe mir ja seinen Lebensweg genau angeschaut", bemerkte Sonoko.

„Nicht wahr? Der gute Blücher war schon ein toller Kerl. Ich hoffe, ich kann ihn so spielen, wie es seiner würdig ist", hoffte Yoko.

„Wollen Sie nun mehr über die einzelnen Stadtionen seines Lebens wissen?", fragte Sonoko.

„Gewiss doch."

„Na gut. Es lief so ab: Wie vorhin erwähnt wurde er in Rostock geboren. Bei Ausbruch des Siebenjährigen Krieges 1756 schickten ihn seine liebenden Eltern aus Sicherheitsgründen zusammen mit einem älteren Bruder zu Verwandten auf die Insel Rügen. Hier hatte er gute Möglichkeiten zur körperlichen Ertüchtigung, seine Schulbildung wurde aber weiterhin vernachlässigt, was später von Nachteil für ihn war. So beherrschte er nicht die französische Sprache wie es damals in adligen Kreisen üblich war."

„Warum sollten Deutsche Französisch lernen? Die Franzosen haben doch andauernd gegen Deutschland verloren? Sollten da nicht eher die Franzosen Deutsch lernen?", fragte Yoko.

„Keine Ahnung. Ich glaube, das ist wie mit den Türken und den Arabern. Die Araber haben dauernd Kriege gegen die Türken verloren und trotzdem haben dann die Türken deren Religion übernommen."

„Wie auch immer. Erzählen Sie mir weiter von Blüchers Leben", bat Yoko.

„Selbstverständlich. Also: Soweit ich herausfinden konnte, bedeutete das Erscheinen eines schwedischen Husarenregiments in Rügen eine große Wende in seinem Leben. Beide Brüder hatten ihre Kräfte gestählt und drängten darauf, große Taten zu vollbringen. Die Brüder traten 1758 in die Dienste als Junker in die schwedische Reiterei, nachdem sie die Zustimmung der Eltern und Verwandten erhalten hatten. Bei einem Geplänkel, bei dem Blücher wie immer voran ritt, kam er 1760 in preußische Gefangenschaft. Hier geriet er unter dem Einfluss des preußischen Oberst von Bölling, der ihn schließlich überredete, in preußische Dienste zu treten. Bei seinen häufigen Duellen trug er stets den Sieg davon. Er nahm noch als Adjutant an der Seite des Oberst an den letzten Feldzügen des Siebenjährigen Krieges teil, später dann in Polen zur Niederschlagung eines Aufstandes. Hier gab es einen Partisanenkrieg, der mit großer Erbitterung geführt wurde. Um eine Aussage zu erpressen, nahm Blücher hier eine Scheinhinrichtung vor. Das gefiel seinem neuen Vorgesetzten, dem General Lossow nicht und Blücher wurde bei einer Beförderung übergangen. Das erbitterte ihn so, dass er direkt beim König, Friedrich dem Großen, um seine Entlassung bat. Das führte zu einer gründlichen Untersuchung des Vorfalls. Blücher sollte solange in Haft gesetzt werden, bis er sich eines Besseren besinnt. Das tat Blücher jedoch nicht. So erhielt er 1773 seinen Abschied, der von Friedrich dem Großen mit den Worten kommentiert wurde ‚Der Rittmeister von Blücher ist seiner Dienste entlassen und kann sich zum Teufel scheren'.“

„Friedrich der Große und Blücher mochten sich also nicht?“, fragte Yoko.

„Offenbar nicht.“

„Schade eigentlich.“

„Tja, sicher. Aber leider nicht zu ändern. Blücher jedenfalls lernte während seines Aufenthalts in Polen den sächsischen Oberst von Mehling kennen und verliebte sich in eine seiner Töchter, die wie folgt beschrieben wird: ‚Die sechzehnjährige Braut war schön und gut wie eine Deutsche, beweglich und graziös wie eine Polin, eine zierliche und glückliche Mischung von Germanischem und Slawischem.'

Er nahm von seinem Schwiegervater ein Gut in Pacht und betätigte sich erfolgreich in der Landwirtschaft. Nach einigen Jahren war er in der Lage, ein Gut als Eigentümer zu erwerben. Er zog von Polen nach Pommern und kaufte das Gut Groß Raddow, nordöstlich von Stargard gelegen zwischen Daber und Labes. Er tat sich als Landwirt und als Privatmann so hervor, dass er zum Ritterschaftsrat gewählt wurde, eine Ehrenstelle, die er zur allgemeinen Zufriedenheit ausfüllte. Der König hatte ihm nicht seine Gunst entzogen, er unterstützte ihn mit zinslosen Krediten, die er in Geschenke umwandelte. Bei den Truppenparaden in Pommern, die gewöhnlich in Stargard stattfanden, sprach er ihn an. Den Eintritt in die Armee verweigerte er ihm allerdings trotz mehrerer Gesuche. Seine Frau schenkte ihm 6 Söhne und eine Tochter. Nach dem Tod seiner Frau 1791 heiratete er 1795 Amalie von Colomb, die ihn um mehr als 30 Jahre überlebte. Diese Ehe blieb kinderlos. Am 6. Februar 1782 wurde er zum Mitglied der Freimaurerloge ‚Augusta zur goldenen Krone' in Stargard gewählt.

Nach dem Tode Friedrich des Großen am 17. August 1786 sah Blücher wieder eine Chance, in die Armee aufgenommen zu werden. Der Nachfolger König Friedrich Wilhelm II. war ihm wohlgewogen. Er glaubte die Härte seines Vorgängers wieder gut machen zu müssen. Am 3. März 1787 wurde Blücher wieder in sein altes schwarzes Husarenregiment aufgenommen. Sein Majorspatent wurde auf den 14. April 1779 vordatiert. In den folgenden Jahren nahm er an zahlreichen Gefechten teil, 1793 und 1794 an Kämpfen gegen die französischen Truppen am Rhein und zeichnete sich dabei durch Tapferkeit und Wagemut aus. Ab 1797 war Friedrich Wilhelm III. König von Preußen. 1801 wurde Blücher Generalleutnant. Bei der Niederlage Preußens gegen Napoleon in der Schlacht bei Jena und Auerstedt am 14. Oktober 1806 spielte er schon eine wichtige Rolle. Nur ihm gelang mit den Truppen, die unter seinem Befehl standen, ein geordneter Rückzug. Unterstützt von Scharnhorst zog er sich in nördlicher Richtung zurück. Er versuchte, die französischen Truppen auf sich zu ziehen, um Friedrich Wilhelm III. die Möglichkeit zu geben, die verstreuten Truppen zu sammeln. Blücher wurde von den französischen Truppen verfolgt und musste schließlich nach vielen verlustreichen Kämpfen in aussichtsloser Situation kapitulieren, weil er keine Munition und Brot mehr hatte. Er konnte eine ehrenvolle Kapitulation aushandeln, Blücher geriet in Gefangenschaft. Auf Ehrenwort konnte er sich ziemlich frei bewegen. Napoleon hatte den Wunsch, mit ihm ein Gespräch zu führen. Am 27. Februar 1807 wurde er gegen den französischen General Victor ausgetauscht. Unterdessen drangen die französischen Truppen ohne viel Widerstand immer weiter in Preußen ein. Am 27. Oktober 1806 eroberten sie Berlin. Der preußische König und Königin Luise samt Familie und Hofstaat waren nach Königsberg geflohen, am 22. Oktober 1806 passierten sie Stargard. Die Stadt, in der derjenige seine Pflicht tat, der diese Niederlage einst rächen würde. Sie hatten mir ja vorhin ebenfalls von Stargard erzählt, liebe Yoko."

Yoko nickte.

Sonoko fuhr fort: „Am 29. Oktober wurde Stettin kampflos übergeben und musste 7 Jahre die französische Besetzung ertragen. In Stargard konnte man die Folgen nach der verlorenen Schlacht bei Jena und Auerstedt nicht erkennen. Die glanzvollen Truppenparaden alle 2 Jahre in Stargard hatten zu der Einschätzung geführt, in einem sicheren Staatswesen zu leben. Die letzte Truppenparade fand 1804 statt und hatte einen besonderen Glanz durch die Anwesenheit von Königin Louise. Am 5. November 1806 rückten die Franzosen in Stargard ein. Am Tag davor hatten sie bereits die Johanniskirche und das Augustiner Kloster zu Magazinen umgestaltet. Zuerst glaubte man, es würde bei dem einmaligen Besuch der Fremdlinge sein Bewenden haben. Als aber immer neue Heerscharen einrückten, die Flüchtlinge den hoffnungslosen Zustand des preußischen Heeres aufdeckten, da begriff man den unglaublichen Wechsel der Verhältnisse. Ferdinand von Schill versuchte Stargard am 5. Februar 1807 zu befreien. Dieser Versuch scheiterte, sein Vorhaben wurde verraten und damit war der Überraschungseffekt dahin. Die Bürger Stargards konnte mit Mühe ihre Besatzung überzeugen, dass sie nicht gemeinsam mit Schill gehandelt hatten und sich so vor einer Plünderung bewahren. Wäre Schill erfolgreich gewesen, dann hätte er später die Stadt vor einer französischen Übermacht doch nicht halten können. Sein Ziel war es, den Nachschubweg der französischen Truppen zu der eingeschlossenen Festung Kolberg zu behindern. Zum Ende des Jahres 1806 griffen die russischen Truppen in den Krieg ein. Nach ersten Erfolgen neigte sich das Kriegsglück jedoch leider wieder Napoleon zu. So wurde am 7. Juli 1807 der Frieden von Tilsit zwischen Zar Alexander I. und Napoleon geschlossen. Preußen wurde in diese Verhandlungen nicht eingeschlossen. Der mit Preußen 2 Tage später abgeschlossene Frieden hatte den Charakter eines Diktatfriedens. Es ist dem Zaren zu verdanken, dass Preußen als Staat erhalten blieb. Trotz aller Freundschaftsbezeugungen mit Napoleon wünschte

sich der Zar einen Pufferstaat zwischen Russland und Frankreich. Die Bedingungen für Preußen waren hart, auch Königin Luise konnte in einem Gespräch am 6. Juli 1807 mit Napoleon keine Milderung erreichen. Preußen verlor die Hälfte seines Staatsgebietes und seiner Einwohner, alle Gebiete westlich der Elbe und die Gebiete, die Preußen durch die 2. und 3. polnische Teilung gewonnen hatte. Diese beiden polnischen Teilungen hatten 1793 und 1795 stattgefunden, aber ich denke mal das ist für unsere Nachforschungen über den guten Blücher nicht so wichtig. Oder wollen Sie mehr über die damaligen Teilungen Polens wissen?"
Yoko verneinte.
Also berichtete Sonoko weiter: „Beim Königreich Preußen verblieben Ostpreußen, Westpreußen, Pommern, Brandenburg und Schlesien. Frankreich verpflichtete sich, seine Truppen innerhalb von 40 Tagen abzuziehen mit Ausnahme der Festungen Stettin, Küstrin und Glogau. Diese sollten freigegeben werden nach Abgeltung der Kriegskontribution. Diese wurde erst am 8. September 1808 in einer Höhe festgelegt, die den Preußischen Staat völlig überforderte. Die Festung Kolberg widerstand weiterhin Napoleon. Die königliche Verwaltung von Stettin wurde nach Stargard verlegt, so dass Stargard praktisch zur Hauptstadt von Hinterpommern wurde, so wie schon einmal für 70 Jahre nach dem Dreißigjährigen Krieg, diesmal für 7 Jahre. Die französischen Truppen ließen sich Zeit mit dem Rückzug. In dieser gewiss alles andere als angenehmen Situation wurde Blücher im August 1807 Generalgouverneur von Pommern und der Neumark. Sein Amtssitz war zuerst in Treptow an der Rega,

Stargard war noch von den Franzosen besetzt. Er musste sich ständig mit den französischen Besatzungstruppen arrangieren, was ihm trotz seines heftigen Temperaments gelang. Es war seine Aufgabe, die von den Franzosen freigegebenen Städte mit preußischen Truppen zu besetzen. Er hatte auch große Befugnisse in der Zivilverwaltung und war für die Reorganisation seiner Truppen verantwortlich. Im November 1808 konnte er nach Stargard übersiedeln. Hier war er 9 Monate lang von einer schweren Krankheit betroffen, an seiner patriotischen Kampfbereitschaft änderte das nichts. Er drängte zum Kriege gegen Napoleon. Folgender Ausspruch wird ihm zugeschrieben: 'Napoleon muss herunter, ich werde schon helfen; ehe das geschehen ist, will ich nicht sterben.' Scharnhorst schrieb in einem Brief an ihn: 'Euer Exzellenz Brief hat mir unbeschreibliche Freude gemacht. Alle sagen und schreiben und ich sehe es aus Ihrem eigenen Schreiben, der Geist hat nichts gelitten. Sie sind unser Anführer und Held und müssten Sie auf der Sänfte vor- und nachgetragen werden; nur mit Ihnen ist Entschlossenheit und Glück.' Er wohnte in Stargard in der Pyritzer Straße 8. Er suchte gerne zu seiner Unterhaltung das Offizierskasino im Blockhausturm auf. Dort war eine Tabagie eingerichtet, ein Lokal, in dem man rauchen durfte und wo Tabakwaren angeboten wurden. Von da aus konnte er auch seine Soldaten beim Exerzieren beobachten. Der Blücherpark war damals ein Exerzierplatz. An Blücher erinnerten bis 1945 auch ein Blücherplatz, eine Blücherstraße und ein Blücherdenkmal. Das Blücherdenkmal hatten 1873 die Offiziere der

Stargarder Garnison gespendet. Ende 1809 durfte der König aus Königsberg nach Berlin zurückkehren. Darüber ist zu lesen: 'Aller Patriotismus aber wurde neu belebt, als am 21. Dezember der König und die Königin aus Ostpreußen zurückkehrten, und sich in Stargard um dieselben alle hervorragenden Männer Pommerns versammelten, um die eigne Hoffnung an dem Gott ergebenen Sinne des Königs und dem heldenmütigen Vertrauen der Königin auf eine bessere Zeit zu kräftigen.'

Ferner wird vermeldet, König und Königin hatten ein ernsthaftes, einstündiges Gespräch mit dem Bürger Nettelbeck, dem Verteidiger von Kolberg. Ende April 1811 erhielt Blücher den Befehl, sein Hauptquartier wieder nach Treptow zu verlegen und seine Truppen um Kolberg zu konzentrieren, das sich immer noch erfolgreich verteidigte. Da er seine patriotische Gesinnung auch vehement in der Öffentlichkeit vertrat und das der französischen Regierung nicht verborgen blieb, verlangte diese seine Ablösung, die am 11. November 1811 erfolgte. Der preußische König musste dieser Forderung nachkommen. Am 24. Februar 1812 wurde sogar ein Bündnis zwischen Preußen und Frankreich geschlossen. Kolberg, das nie von den Franzosen eingenommen werden konnte, war jetzt dem französischen Generalstab unterstellt. Die preußischen und französischen Truppen waren nun zwangsweise Verbündete, Preußen musste für den Feldzug gegen Russland 20.000 Soldaten stellen. Blücher hat an diesem Feldzug nicht teilgenommen. Am 17. März 1813 erklärte Friedrich Wilhelm III. Frankreich den Krieg. Schon am 30. Dezember 1812 hatte Yorck einen entscheidenden Schritt getan und sich von Napoleon losgesagt. Seine Truppen nahmen nicht mehr an dem Feldzug gegen Russland teil, er schloss in der Konvention von Tauroggen einen Waffenstillstand mit Russland, ohne die Einwilligung des Königs abzuwarten. Blücher wurde am 16. März 1813 zum Oberbefehlshaber der schlesischen Armee berufen trotz seines Alters von 71 Jahren. Scharnhorst wurde sein Generalquartiermeister. Beide ergänzten sich, Scharnhorst durch Erfahrung und Besonnenheit, Blücher durch Kühnheit und Entschlossenheit. Unter Blücher kämpften Preußen und Russen. Er wirkte entscheidend an den Siegen über Napoleon mit. Nachdem sich Friedrich Wilhelm III. 1813 zum Aufstand durchgerungen hatte, erhielt Blücher das Kommando über die Schlesische Armee. Zum Stabschef wurde der führende Reformer August Neidhardt von Gneisenau bestellt. Trotz einiger Rückschläge gelang es beiden, die französischen Truppen zunehmend in die Defensive zu drängen. Als Napoleon im Oktober bei Leipzig eine Defensivposition einnahm, um die anmarschierenden Armeen der Verbündeten nacheinander zu schlagen, war es Blüchers schneller Vorstoß, der die französischen Umgruppierungen verhinderte und damit maßgeblich zum Sieg in der „Völkerschlacht" beitrug. Nach Napoleons Rückkehr von Elba 1815 stand Blücher mit ich glaube so um die 100.000 Mann bei Ligny südöstlich von Brüssel, während sein Verbündeter, der britische Marschall Arthur Wellesley, Duke of Wellington, Napoleon in der belgischen Hauptstadt erwartete. Der Kaiser schlug jedoch schneller zu als erwartet. Während Wellington und seine Offiziere sich auf einen rauschenden Ball vorbereiteten, sah sich Blücher am Nachmittag des 16. unvermutet der 'Armée du Nord', also der Nordarmee gegenüber. Doch die preußischen Truppen wehrten sich verzweifelt. Erst ein Angriff der sogenannten 'Alten Garde' bescherte Napoleon am Abend den Sieg. Doch zahlreiche Einheiten Blüchers konnten sich intakt zurückziehen. Ihr heldenhafter Feldherr war da jedoch kurzzeitig verschwunden. Der arme Blücher lag unter seinem toten Pferd und wurde erst Stunden später befreit. Dem armen Kerl müssen diese Stunden wie Tage vorgekommen sein. Zum Glück hat er das überstanden. In der Zwischenzeit hatte Gneisenau den Befehl gegeben, nicht nach Osten Richtung Rhein, sondern nach Norden Richtung Wavre zu marschieren, um gegebenenfalls Wellington zu unterstützen. Während ein französisches Korps zur Verfolgung der Preußen nach Osten ins Nirgendwo aufbrach, bestätigte Blücher den Befehl seines Stabschefs und machte seinem Spitznamen 'Marschall Vorwärts' alle Ehre. Unermüdlich trieb er seine Truppen vorwärts, ließ sie bei Wavre nach Westen schwenken und erreichte am Abend des 18. das Schlachtfeld von Waterloo bei Brüssel. Dort schickte Napoleon gerade seine Alte Garde zum entscheidenden Sturm gegen Wellingtons Zentrum. Doch nun fielen die Preußen den Franzosen in die Flanke.

Blücher konnte damit die bereits wankenden Truppen des englischen Generals Wellington, der schon verkündete 'Ich wollte, es wäre Nacht, oder die Preußen kämen', kriegsentscheidend gegen Napoleon unterstützen. Zur Belohnung schenkte ihm Friedrich

Wilhelm III. Später ein Stadtpalais in Berlin. In Absprache mit Wellington, dessen Truppen vollkommen erschöpft waren, rückte Blücher in Eilmärschen anschließend alleine mit seinen Truppen auf Paris vor und besetzte es am 7. Juli 1815. An den anschließend beginnenden Verhandlungen hatte Blücher weder Interesse noch Anteil, sondern hielt sich abseits. Diese politischen Dinge waren für ihn nicht relevant, denn er hatte sein großes Ziel erreicht: Napoleon war endgültig besiegt. Nach Pommern ist der gute Blücher im Anschluss übrigens nicht wieder zurückgekehrt. Stattdessen starb er am 12. September 1819 auf seinem Gut Krieblowitz in Schlesien."

„Danke. Diese Informationen waren sehr hilfreich für mich", bedankte sich Yoko.

„Keine Ursache. Im Netz wurde noch ein Film empfohlen. Er heißt 'Napoleons Untergang bei Waterloo'. Ist auf Youtube verfügbar."

„Wollen wir uns den anschauen?", fragte Yoko.

„Aber klar."

Also schauten sie sich den Film an.

*

Nachdem der Film zu Ende war, stellte Yoko fest:

„Wow. Der war ziemlich gut. Besonders die Szene, wo Blücher und Wellington zusammen anstoßen. Wellington nimmt das kleine Becherchen und Blücher gleich den ganzen Krug. Man hat den Eindruck das passt zu ihm. Und das er noch vier Jahre in der freudigen Gewissheit lebte, seinen Feind endgültig besiegt zu haben, wusste ich zwar bereits, aber wie sie das und generell alles in dieser Doku rübergebracht haben; einfach nur richtig gute Arbeit."

„Finde ich auch", stimmte Sonoko zu.

„Gibt es sonst noch etwas, was ich über Blücher wissen müsste?", fragte Yoko.

„Hm. Ich weiß nicht, ob das so relevant ist..."

„Erzählen Sie es mir ruhig", meinte Yoko.

„Also gut. Folgendes weiß ich noch: Der Blücher hat auch was geschrieben."

„Wie denn das? Ich dachte irgendwie, auch wegen der Doku eben, dass er nicht so gut im lesen und schreiben war?"

„Keine Ahnung. Aber macht das große Persönlichkeiten nicht auch aus? Das die Informationen über sie widersprüchlich sind?"

„Möglich", gab Yoko zu.

„Auf jeden Fall war das damals in Münster. Sie wissen ja; erst nach dem Tode Friedrichs des Großen trat Blücher 1787 erneut in sein altes Regiment als Major ein. Er bestand natürlich darauf, dass die Beförderung rückdatiert werden sollte. Im gleichen Jahr nahm er an der preußischen Invasion in die Niederlande teil, die das Ziel hatte, den entmachteten Statthalter Wilhelm V. von Oranien wieder an die Macht zu bringen. Blücher wurde 1788 zum Oberstleutnant befördert und war ab 20. August 1790 Oberst und Kommandeur des I. Bataillon des Husarenregiments, in das er 1760 übergetreten war. Während der Kampagne gegen das republikanische Frankreich in der Pfalz zeichnete er sich als Führer der leichten Kavallerie aus und wurde nach dem siegreichen

Gefecht bei Kirrweiler, welches am 28. Mai 1794, stattfand zum Generalmajor befördert. Er belämpfte die französischen Truppen durch fortwährende Handstreiche und kleine, aber erfolgreiche Unternehmungen. An die Stelle der alten schwerfälligen Manövrierstrategie traten bei ihm Beweglichkeit und rasches Zuschlagen. 1796 gab sein Adjutant Graf Goltz Blücher's Kampagne-Journal der Jahre 1793 und 1794 heraus, das trotz des ungelenken Blücherschen Stils fortan zum klassischen Werk über den Vorposten- und Patrouillendienst wurde. Zeit zum Verfassen dieser Schrift fand Blücher auf seinem neuen Posten in Münster. Bereits während der niederländischen Kampagne 1787 und bei dem Ausmarsch gegen Frankreich 1793 war Blücher in den Westen Deutschlands gekommen. Als Preußen mit dem Frieden von Basel 1795 die linksrheinischen Territorien räumte und rechts des Rheins in Nordwestdeutschlands eine „Demarkationslinie" besetzte, kam Blücher zunächst nach Ostfriesland und erhielt im Dezember 1795 das Kommando über die preußischen 'Beobachtungstruppen' im Westen mit Sitz in Münster. Blüchers Aufenthalt in Münster dauerte ziemlich lange, wenn man von einer längeren Unterbrechung zwischen Juni 1800 und August 1802, in der er am Niederrhein, in Ostfriesland und in Lingen Dienst tat, und von dem Mobilmachungsmarsch 1805 nach Ansbach absieht. Zunächst war er Befehlshaber des preußischen Beobachtungskorps, dann der Besatzungstruppen, als Preußen nach dem Tod des Fürstbischofs Maximilian Franz von Österreich den Großteil des Münsterlandes besetzt hatte; tja und dann wurde er Militärgouverneur. Die dienstlichen Aufgaben des Generalmajors und, seit 1801 des Generalleutnants, bestanden vorwiegend darin, die von der Nordsee bis zur Ruhr weit auseinandergezogenen preußischen Truppen zu dislozieren, zu verpflegen und mit der nötigen Ausrüstung vom Brennholz bis zum Pferdefutter zu versorgen. Besichtigungen der einzelnen Truppenteile lagen ihm mehr als die verhasste, aber notwendige Schreibarbeit, die diese Aufgaben erforderten. Den Respekt seiner Soldaten erwarb er sich auch dadurch, dass er sich um ihr Wohl sorgte. Münster war, gemessen am knappen Sold der Truppe, ein teures Quartier. Blücher sorgte dafür, dass den Soldaten vor dem Neutor Land zum Kartoffelanbau und damit zur Selbstversorgung zugewiesen wurde. Friedrich Wilhelm III. hatte ihm und dem Chef der Zivilverwaltung, dem Freiherrn von Stein das fürstbischöfliche Schloss als Amtssitz und Wohnung überlassen. Blücher schrieb dazu am 3. Dezember 1803: 'Ich ziehe in einigen Tagen ins Schloß und wohne da sehr gut. In den anderen Flügel des Schlosses wohnt der Präsident von Stein, ein sehr braver Mann, mit dem ich ganz harmoniere. Den Schloßökonomiegarten hat der König mich und den Oberpräsidenten von Stein unentgeltlich gegeben' Weiter hieß es: 'Ich könnte nun wohl zufrieden sein, aber ich bin es nicht. Münster und die Münsteraner gefallen mich nicht. Die Münsteraner, die 'ihn nicht gefielen', waren vor allem im Domkapitel und im heimischen katholischen Adel zu finden, die seinen Arbeiten, vor allem nach der preußischen Besitzergreifung, Widerstände entgegensetzten und sie behinderten. Bereits 1797 hatte er in einem Brief geklagt: 'Wann werde ich denn einmal aus diesem

Lande der Heiligen erlöst werden, wo die Menschen weit ärmer an Verstand wie an Gütern sind, wo 42 übermütige Domherren den Schweiß der Armut unverdient verprassen.'

Bei den einfachen Bürgern dagegen war Blücher, dessen offenes und freies Auftreten ihnen imponierte, respektiert und beliebt. Seine Persönlichkeit nahm auch vieles von den Klagen gegen das ansonsten unbeliebte preußische Militär weg, die sich durch die Einführung des Kantonalsystems bei der Rekrutierung der Soldaten noch häuften. Gesellschaftlichen Umgang pflegte Blücher, der bereits 1799 in Hanau der Freimaurerloge 'Zum hellen Licht' beigetreten war, in der münsterischen Loge 'Zu den drey Balken'. Ab 1802 hatte er in ihr die 'Hammerführung' als 'Meister vom Stuhl' und schloss sie als Tochterloge an die Große National-Mutterloge 'Zu den drei Weltkugeln' an."

„Moment. War Friedrich der Große nicht auch Freimaurer?", wollte Yoko wissen.

Sonoko überlegte kurz: „Ja, ich glaube schon. Aber ich meine mich zu erinnern, dass die Freimaurer damals gerade in den deutschen Landen eher patriotisch und monarchistisch waren, als ihre amerikanischen Genossen. Erst nach zwei Weltkriegen hatten sich auch in Europa die anglo-amerikanischen Freimaurer in Deutschland durchgesetzt."

„Gut zu wissen."

„Nun... auf alle Fälle kündigte sich bereits 1805 das Ende der Friedenszeit an. Blücher, der die Fortschritte in der französischen Armee aufmerksam und besorgt beobachtete, war die Reformbedürftigkeit der preußischen Armee nicht entgangen. Noch in Münster verfasste er 1805 'Gedanken über die Formirung einer preußischen National-Armee', in denen er für einen höheren Sold und eine bessere Behandlung der einfachen Soldaten, für eine verkürzte Dienstzeit und für eine allgemeine Wehrpflicht eintrat. Diese Forderungen, die auch den Einfluss des Freiherrn von Stein verraten, nahmen manches von den späteren Scharnhorst-Gneisenauschen Reformen vorweg. Dass es Blücher mit seinen Überlegungen ernst war, zeigt die Tatsache, dass er in Münster den Unteroffizieren den Stock entzog, um ihnen das Prügeln und Schlagen der untergebenen Soldaten abzugewöhnen. Eine kriegerische Auseinandersetzung mit Frankreich schien ihm unvermeidlich. Die im September 1805 erfolgte Mobilmachung brachte eine Zeit der Unruhe, ohne dass Preußen den Franzosen, wie von Blücher gewünscht und gefordert, mit vereinten Kräften "auf den Hals gehen" mochte. Mit der verheerenden Niederlage Preußens in der Doppelschlacht von Jena und Auerstädt am 14. Oktober 1806 endete auch Blüchers Münsteraner Zeit. Französische Truppen besetzten Münster und das Münsterland für fast sieben Jahre. Nach der Niederlage bei Jena sammelte Blücher versprengte Truppen und 34 schwere Kanonen und führte sie gemeinsam mit Gerhard von Scharnhorst über Mecklenburg ins damals neutrale Lübeck, musste sich aber Anfang November 1806 dem französischen Marschall Bernadotte ergeben. Er ließ aber der Kapitulationsurkunde den schriftlichen Vermerk anfügen, er tue dies nur 'aus Mangel an Brot und Munition'.

Im folgenden Jahr, also im Jahre 1807, kam der ehrenwerte Herr Blücher im Austausch gegen den französischen General Victor frei. In den Jahren des von Napoleon erzwungenen Friedens wurde er Generalgouverneur von Pommern und und der Neumark und stieg 1809 zum General der Kavallerie auf. Er konnte sich aber mit dem erzwungenen Stillhalten und dem offiziellen Bündnis Preußens mit Frankreich nicht anfreunden, zumal alle Versuche, den König zum Krieg gegen Napoleon anzustacheln, auf unfruchtbaren Boden fielen. Als bekannt wurde, dass Blücher heimlich nicht genehmigte Truppen ausbilden ließ, erwirkten die Franzosen, dass er seines Kommandos enthoben wurde. Noch 1812, als Napoleons Truppen in Russland den Rückmarsch antreten mussten, schrieb der Siebzigjährige an Scharnhorst: 'Ich kann alleweile nicht still sitzen und nicht die Zähne zusammenbeißen, wann es sich um das Vaterland und die Freiheit handeln tut. Laßt das Lause- und Scheißzeug von denen Diplomatiker zu allen Teufeln fahren; warum soll nicht alles aufsitzen und los auf die Franzosen wie das heilige Donnerwetter. Die den König vorschlagen, noch länger zu zaudern, und den Bonaparte Frieden zu halten, sind Verräter an ihn und das ganze deutsche Vaterland und des Totschießens wert.'

1813 trat Preußen wieder in den Krieg gegen Napoleon ein. Blücher wurde reaktiviert und kurz darauf zum Oberbefehlshaber der Schlesischen Armee ernannt, mit der er am 26. August 1813 in der Schlacht an der Katzbach in Niederschlesien die Truppen Marschall MacDonalds schlug. Am 16. Oktober wurde während der Völkerschlacht bei Leipzig der französische Marschal Marmont bei Möckern vernichtend geschlagen. Ungeachtet eigener Verlust verfolgte

Blüchers Kavallerie die nach Westen fliehenden Truppen Napoleons bis Frankreich. In der Neujahrsnacht 1814 überschritt er dabei bei Kaub den Rhein. Paris wurde am 30. März 1814 eingenommen. Friedrich Wilhelm III. machte aus Blücher am 3. Juni 1814 den Fürsten von Wahlstatt. Und den Rest kennen Sie ja bereits liebe Yoko. Aber eben dieser Rest war Blüchers bekanntester Sieg und Napoleon kennt man heute in erster Linie deswegen: Während der 'Hundert Tage' nach Bonapartes Rückkehr aus dem Exil auf Elba übernahm Blücher 1815 das Kommando über das preußische Heer in Belgien, wurde zwar am 16. Juni bei Ligny geschlagen, rückte aber sofort wieder vor, um zwei Tage später rechtzeitig dem arg bedrängten britischen General Wellington siegreich zur Hilfe zu kommen. Diese von uns bereits besprochene Schlacht bei Waterloo beendete endgültig die napoleonische Herrschaft in Europa. Am 7. Juli 1815 besetzten Blüchers Truppen Paris zum zweiten Mal."

„Ja. Wie es in dieser Doku heißt. Napoleon hat mehr Schlachten gewonnen als etliche andere Feldherren zusammen; trotzdem kennt man ihn heute vor allem für seine Niederlage bei Waterloo", bemerkte Yoko.

„Kevin Costner hatte 'Waterworld', Richard Nixon hatte 'Watergate' und Napoleon hatte 'Waterloo'. Vielleicht sollten sich mächtige und berühmte Leute vom Wasser fernhalten", scherzte Sonoko.

„Möglich...", entgegnete Yoko, die den Scherz nicht so recht verstanden hatte.

Da kam plötzlich der Regisseur herein und sagte: „Das Drehbuch ist fertig. Äh... ich meine die letzten Korrekturen sind fertig. Hier ist es."

Er reichte es Yoko und diese bedankte sich. Sie sah auf die Uhr. Es war schon deutlich später als geplant. „Ich denke, wir sollten langsam ins Hotel zurück fahren", meinte sie zu Sonoko und dem Regiesseur.

„Ja, es ist schon ziemlich spät", stellte nun auch Sonoko fest.

„Sie können gerne auch bei mir übernachten. Das ist gar kein Problem", schlug der Regiesseur vor.

Dabei dachte er an die versteckten Kameras, die er in seinem Gästezimmer, im Bad und vor allem in der Dusche angebracht hatte. „Nein danke. Im Hotel haben wir uns schon Abendressen reservieren lassen", log Sonoko instinktiv.

Yoko schaute sie fragend an. „Wirklich? Das ist aber schade. Das Gästezimmer bei mir ist sehr schön und hat eine wundervolle Aussicht", versuchte der Regiesseur sie doch noch zu überreden.

„Vielleicht ein andernmal. Wir müssen jetzt wirklich langsam los, bevor es noch dunkler wird", sagte Sonoko und nahm Yoko bei der Hand.

„Äh... ja. Ich mache mich dann später im Hotel daran das Drehbuch zu lesen", versprach Yoko, während sie von Sonoko langsam aber bestimmt nach draußen gedrängt wurde.

Draußen begaben sie sich zu Yokos Mietwagen und diese fragte besorgt: „Warum haben Sie mich so gedrängt, jetzt schon zu gehen? Wir hätten doch das Angebot mit seinem Gästezimmer annehmen können. Oder stimmt etwas mit dem Mann nicht?"

„Ich habe bei ihm irgendwie ein ungutes Gefühl", meinte Sonoko.

„Na gut. Ich vertraue Ihnen. Schließlich habe ich Sie ja

als Detektivin herkommen lassen und dem Verstand und Gefühl einer Detektivin sollte man ruhig vertrauen", fand Yoko.

Sonoko lächelte und nickte. Kurz darauf stiegen sie ins Auto, fuhren zurück zum Hotel, aßen dort ein wenig und gingen anschließend schlafen.

*

Am nächsten Tag frühstückten sie erstmal und Yoko telefonierte kurz mit dem Regisseur. Sie erklärte ihm, dass sie den heutigen Tag mit dem lesen des Drehbuchs verbringen würde und dieser hatte natürlich nichts dagegen. Zumindest schien es so. Innerlich kochte er jedoch und dachte: *Verdammt. Wie soll ich mich an sie ranmachen, wenn sie nicht hier ist?*

Yoko bekam davon aber in seiner Stimme nichts mit. Sie machte es sich nach dem gemeinsamen Frühstück mit Sonoko gemütlich und las das Drehbuch, während Sonoko die Gegend zu Fuß erkundete. Die Bäume und der nahegelegene Fluss waren wirklich sehr schön. Weitaus weniger schön war das was Sonoko erlebte, als sie zurück ins Hotel kam. Sie wollte einmal kurz nach Yoko in deren Zimmer sehen und konnte problemlos hineingehen, denn die Tür war nicht abgeschossen.

„Seltsam, warum hat sie denn nicht abgeschlossen?", fragte Sonoko sich selbst und betrat den Raum.

Zunächst einmal sah sie gar nichts. Yoko war scheinbar nicht da. „Fräulein Sockino?", fragte Sonoko in den leeren Raum hinein.

Sie schaute sich um. Das Bett war verwühlt und darauf verteilt lagen einige Seiten des Drehbuchs. „Eigenartig. Wo kann sie nur stecken?"

Sonoko beschloss im Badezimmer nachzusehen. Sie ging hin, öffnete die Tür und erblickte Yoko. Der Anblick jagte ihr einen gewaltigen Schrecken ein.

*

Yoko saß auf dem Boden und wirkte total verheult. Sie befand sich zwischen Klo und Badewanne und blickte traurig zu Sonoko auf, als diese ins Badezimmer kam.

„Sie armes Ding. Was ist denn passiert?", fragte Sonoko besorgt.

„Das Drehbuch ist furchtbar. Es wird ein ganz schrecklicher Film", klagte Yoko.

Sonoko kniete sich neben Yoko nieder und strich ihr die zerzausten Haare aus dem Gesicht. Offenbar war Yoko ziemlich mitgenommen. „Sowas kommt vor, aber machen Sie sich da mal nichts draus. In Amerika zum Beispiel werden eine Menge Schundfilme produziert. Denken Sie an die 'Sharknado'-Reihe. Viele Leute haben ein Herz für Trash. Und dann diese Filme mit den Riesenwürmern, die aus der Erde schießen und Menschen fressen. Michael Gross spielt in allen Filmen mit; es sind glaube ich sieben Stück. Gut, die sind eigentlich bei weitem nicht so schlecht wie die Haifilme; eigentlich sind zumindest die ersten vier Filme sogar irgendwie Kult. Also geben Sie dem Projekt eine Chance", sagte Sonoko in tröstendem Tonfall.

„Wird in den 'Sharknado'-Filmen und in den

Würmerfilmen auch auf die Hauptfiguren geschissen?", fragte Yoko traurig.

„Äh..., nicht direkt. Also die Helden landen in den Haifilmen mal in Haien drinnen und in den Würmerfilmen mal in den Riesenwürmern. Und in 'Die fast vergessene Welt' zum Beispiel überlebt der eine Typ, in dem er aus dem Allerwertesten eines Dinosauriers herauskriecht. Oder sich selbst herausdrückt... ach ich weiß auch nicht mehr genau!"

„Das meine ich gar nicht."

„Okay. Aber was meinen Sie dann?", fragte Sonoko.

„Ich möchte wissen, ob die Helden in den Filmen respektvoll behandelt werden?", wollte Yoko wissen.

„Also alles in allem; ja, ich denke schon."

„Werden die Filme ihren Figuren gerecht?", lautete Yokos nächste Frage.

„Sicher. Man bekommt das was man erwartet. Ich meine, diese Haifilme sind was sie eben sind. Es sind schlechte Filme und sie wissen auch, dass sie schlecht sind. Sie lassen sogar Leute als Statisten mitspielen, die vorher der ganzen Welt im Fernsehen erzählt haben, wie schlecht die Filme sind."

„Gut."

„Was steht denn in dem Drehbuch drin?", fragte Sonoko besorgt.

„Nur Scheiße! Ich habe versucht es das Klo hinunter zu spühlen, aber es ging nicht. Das Klo ist nun verstopft."

„Kommen Sie", sagte Sonoko, nahm Yoko am rechten Arm, zog sie hoch und brachte sie zum Bett.

Dann ging sie ins Bad zurück und warf einen genervten Blick auf das verstopfte Klo. Sie schaute hinein und da es nur bedrucktes Drehbuchpapier und Wasser darin zu sehen gab, holte sie das Papier heraus und schmiss es erstmal in die Badewanne. Im Anschluss funktionierte das Klo wieder. Sonoko wusch sich gründlich die Hände und ging zu Yoko zurück. „Wissen Sie, was gegen Ihren Kummer helfen könnte?"

„Was denn?", fragte Yoko noch immer betrübt.

„Na Schokolade. Meine Schwester sagte einmal: 'Die einzige Konstante im Leben ist die Veränderung. Aber zum Glück gibt es noch Schokolade'."

Yoko schaute sie fragend an. „Schokolade ist die Entschuldigung Gottes für Brokkoli", fiel Sonoko noch ein.

Dann griff sie zum Telefon und bestellte beim Zimmerservice mehrere Tafeln Schokolade für sich und Yoko. Als sie wieder aufgelegt hatte, sagte Sie: „Wir futtern jetzt erstmal etwas Schokolade und dann geht es Ihnen bestimmt besser. Ich weiß noch, wie ich vor vielen Monden mit meiner besten Freundin zu einem Valentinstagsfest eingeladen wurde. Da gab es auch Schokolade. Leider gab es auch einen Mord."

„Haben Sie den Fall aufgeklärt?"

„Nein, damals war ich noch nicht als Detektivin aktiv. Ich weiß auch nicht mehr alle Einzelheiten; es ist als wäre dieser Valentinstagsfall in meinem Leben... tja... wie soll ich es ausdrücken? Es ist, als ob er in meinem Leben nicht Kanon gewesen wäre", entgegnete Sonoko. Zwei Minuten später klopfte der Zimmerservice.

„Herein!", rief Sonoko und da die Tür noch offen stand, trat problemlos ein junger Mann ein und brachte die Schokolade.

Dann ging er wieder und machte hinter sich die Tür zu. Sonoko und Yoko machten sich über die Schokolade her. Während des Essens beklagte sich Yoko über den Inhalt des Drehbuches: „Der arme Blücher wird in dem Drehbuch total falsch präsentiert. Die stellen ihn als einen gemeinen Kerl da; als einen Verbrecher. In einer Szene soll er mit einem roten Lichtschwert gegen Napoleon kämpfen, der ein blaues Lichtschwert hat. Und dann steht in einer anderen Szene plötzlich Hitler hinter Blücher, reibt sich die Hände und flüstert 'Mein Wegbereiter'."

„Oh Gott!", rief Sonoko entsetzt aus.

„Ja, es ist furchtbar. Wie kann man nur so mit einem deutschen Helden umgehen? Mit so einem herzensguten, liebenswerten, ehrenhaften Menschen! Bedeutet diesen Leuten denn ihre Geschichte und Kultur überhaupt nichts?", klagte Yoko.

„Und Sie sollen Blücher so spielen", stellte Sonoko fest.

„Ja! Aber das kann ich dem armen Blücher doch nicht antun! Das war so ein lieber, feiner Kerl."

„Ich hatte bei allem was ich über ihn sah und las den Eindruck, dass er wie ein Vater für seine Soldaten war", bemerkte Sonoko.

„Eben. Ein Grund mehr dieses abscheuliche Machwerk von einem Drehbuch zu verachten! Was soll ich nur tun? Ich fürchte, ich muss aus dem Projekt aussteigen. Dann werde ich vielleicht geblackmarkt, aber ich kann es auf gar keinen Fall mit meinem Gewissen vereinbaren, den armen Blücher so zu spielen", fand Yoko.

„Dann spielen Sie ihn anders."

„Aber wie soll das gehen?"

„Ganz einfach: Sobald wir mit der Schokolade restlos fertig sind, setzen wir uns zusammen hin und analysieren alles was an dem Drehbuch scheiße ist. Dann schreiben wir es auf und schreiben was wir wie verbessert haben wollen. Anschließend übergeben wir dem Regisseur diese Niederschriften und sagen, dass wir zu der Rolle des Blücher noch ein paar Anmerkungen haben", schlug Sonoko vor.

„Das ist gut. Aber mit ein paar Anmerkungen ist es nicht getan. In dem Drehbuch ist ja so ziemlich alles falsch."

„Wir hätten schon misstrauischer sein sollen, als klar war das dieser Typ eine Frau aus Japan für die Rolle eines weißen Generals aus dem vorletzten Jahrhundert besetzen möchte", entgegnete Sonoko und fügte hinzu: „Aber hinterher ist man ja immer schlauer."

„So ist es", stimmte ihr Yoko zu.

„Na ja, auf alle Fälle haben wir die Möglichkeit das Beste draus zu machen. Vielleicht können wir den Regisseur dazu überreden vieles zu ändern und so sowohl den Film als auch das Ansehen des Feldherren Blücher retten", hoffte Sonoko.

„Einen Versuch ist es wert."

Sonoko nickte Yoko zu und sie verdrückten den Rest der Schokolade. Im Anschluss setzten sie sich daran, einen ganzen Berg an Verbesserungsideen für das Machwerk das der Regisseur „Drehbuch" zu nennen wagte zu Papier zu bringen.

*

Sonoko und Yoko waren bis spät in die Nacht beschäftigt. Sie ließen sie deswegen sogar sowohl das

Mittag- als auch das Abendessen auf Yokos Zimmer bringen. Für Sonoko war das die fleißigste und intensiveste Schreibarbeit, die sie jemals geleistet hatte. Auch Yoko hatte so ihre Schwierigkeiten, da sie selbst noch nie ein Drehbuch geschrieben hatte. Trotzdem schafften es die beiden jungen, liebenswerten Frauen in einer regelrechten Herkulesarbeit ein neues, besseres Drehbuch zusammen zu schustern. Sie taten was sie konnten. Zwischendurch bestellten sie sich beim auch des Nachts verfügbaren Zimmerservice immer wieder Kleinigkeiten. Das Hotel hatte so ziemlich alles; leckere Pralinen, japanischen Tee, den Yoko ihnen beiden einschenkte, während Sonoko Informationen analysierte, italienische Pizza, die sie beide genüsslich verspeisten und natürlich noch mehr Schokolade. Sie probierten sogar diese Müller-Milch-Getränke, von denen sie mal gehört hatten, man könnte 50.000 Euro gewinnen, wenn die Flaschen muhten. Das taten sie bei ihnen zwar nicht, aber das Getränk war trotzdem recht lecker. Die beiden Frauen hatten sich ihre Hotelspeisen mehr als nur redlich verdient, denn sie ackerten durch bis zum Umfallen. Irgendwann schliefen sie dann ein. Sonoko träumte während des Schlafens von Feldmarschall Blücher. Dieser zog den Hut vor ihr und sagte: „Danke mein liebes Fräulein, dass Sie so sehr für meine Ehre und mein Ansehen kämpfen. Das Sie und Yoko mich verteidigen ist wirklich sehr lieb von Ihnen." Dann gingen sie in Sonokos Traum gemeinsam über das Schlachtfeld von Waterloo und Blücher zeigte ihr das Haus, in welchem er sich nach der Schlacht mit Wellington getroffen hatte. „Es gibt sogar einen mehrstündigen Film über die Schlacht von Waterloo. Ich selbst habe darin nicht einmal fünf Minuten... wie sagt man heutzutage...? Ach ja, 'Screentime'? Trotzdem ist der Schauspieler meiner gerecht geworden und hat mich gut dargestellt."

„Das freut mich, aber den Film habe ich leider noch nicht gesehen", bemerkte Sonoko und freute sich, dass der Feldherr nicht nur in der Realität, sondern auch in ihren Träumen so ein anständiger Mensch war.

„Macht nichts. So gut ist er leider auch nicht; die Doku, welche Sie gestern gesehen haben war sowieso viel besser. Aber immerhin haben die Leute damals einen relativ ordentlichen Film abgeliefert; ordentlich ist er nicht zu letzt im Vergleich zu dem was heutzutage alles an Schund gezeigt wird. Meine Güte, der Film ist so eine interessante, ja geniale Erfindung. Und die Leute von heute versauen ihn mit billigem Schrott. Und es ist nicht einmal guter Schrott, der lustig ist und weiß dass er Schrott ist. Nein, es ist einfach nur politisch überkorrekter Murks. Das braucht wirklich kein Mensch. Wenn ich da an 'Madam Web' denke; da hat die Hauptdarstellerin nach dem Film gleich ihren Agenten gefeuert, weil sie wegen dem in so einem Haufen Schund drin gesteckt hat."

„Lieber Herr Blücher, ich glaube die Yoko hat gar keinen Agenten mehr. Ich müsste sie mal danach fragen, sofern ich es nach dem Aufwachen und Aufstehen nicht schon wieder vergessen habe", entgegnete Sonoko.

„Macht nichts. Die Yoko ist ein gutes Mädchen. Sie hat das Herz am rechten Fleck; das merkt man. Ihr liegt viel daran, etwas Gutes für mein Vermächtnis zu tun. Sehr edel von ihr. Ich mag sie und werde ihr immer dankbar dafür sein", bemerkte Blücher.

„Ich richte es ihr aus, wenn ich aufwache", versprach Sonoko.

Blücher lächelte ihr freundlich zu. Eine Sekunde später war Sonoko wach. Sie fühlte sich richtig schön ausgeschlafen, reckte und streckte sich und war sehr zufrieden. Fünf weitere Minuten später, Sonoko hatte sich währenddessen etwas zu trinken aus der Minibar geholt, einen Eistee um genau zu sein, wachte auch Yoko neben ihr auf.

Sonoko berichtete ihr von ihrem Traum. „Das ist bestimmt ein gutes Zeichen. Wir sind auf alle Fälle auf dem richtigen Weg", deutete Yoko den Traum.

Sonoko sah das ganz genauso und zur Feier dieses schönen Traums bestellten sie sich noch etwas Schokolade beim Zimmerservice.

Nach einigen Bissen Schokolade meinte Sonoko: „Wissen Sie, der Traum war sehr schön. Eigentlich hätte ich viel lieber noch länger geschlafen."

„Es heißt ja, der frühe Vogel fängt den Wurm", bemerkte Yoko.

„Ein anderer Spruch lautet aber: 'Der frühe Vogel fängt nicht den Wurm, er stirbt wegen Schlafmangel", wandte Sonoko ein.

Da musste Yoko lachen. Ein Blick aus dem Fenster sagte ihr jedoch, dass es tatsächlich noch relativ früh war. „Ich schlage vor, wir gehen die erarbeiteten Informationen noch einmal durch und rufen dann noch heute den Regisseur an. Anschließend fahren wir zum Set und präsentieren ihm unsere Arbeit."

Sonoko stimmte diesem Plan natürlich zu. In Gedanken kamen ihr jedoch bereits erste Zweifel: *Was ist, wenn der Typ auf unsere Ideen pfeift? Egal, versuchen müssen wir es auf jeden Fall. Und wenn er alles in den Wind schießen sollte, sehen wir weiter. Immer ein Schritt nach dem Anderen. Du liebe Güte, wenn ich nur an diesen schmierigen Kerl denke, fällt mir auf, dass sein Gesicht wie ein Lexikon ist; dauernt möchte man nachschlagen.*

Eine Weile gingen die beiden Frauen ihre Notizen durch. Dann rief Yoko beim Regiesseur an, aber niemand ging ran. Sie wartete fünf Minuten und versuchte es erneut. Wieder nahm niemand ab. Also wartete sie noch einmal fünf Minuten und rief nochmal an. Diesmal hinterließ sie eine Nachricht und erklärte, dass sie mit Sonoko heute Mittag zum Filmstudio in die Halle kommen und einige Dinge bezüglich der Figur des Blücher besprechen wollen würde.

Nachdem sie das auf den Anrufbeantworter gesprochen hatte, sagte Yoko: „So. Das wär's. Heute Mittag fahren wir hin. Ich habe ein gutes Gefühl bei der Sache."

„Schön. Und falls der Typ Ärger macht, keine Sorge; ich kann Karate, Teak kwan do, Jiu-jitsu und noch 20 andere gefährlich klingende Wörter."

Wieder musste Yoko lachen. Auch Sonoko grinste und freute sich, dass es Yoko wieder besser ging. Sie aßen gemeinsam die Schokolade auf und schauten sich anschließend noch ein wenig über Blücher im Netz um. Dabei stießen sie auf das Buch „Der Weg nach Waterloo" vom großen deutschen Schriftsteller Karl May, wo Blücher mit auf dem Deckblatt war und auch im Roman selbst eine tragende Rolle spielte. Die beiden jungen Frauen beschlossen, sich das Buch beizeiten zu organisieren, denn es klang sehr gut.

Einige Zeit später machten sie sich mit dem Wagen auf

den Weg ins Studio.

*

Diesmal verlief die Fahrt relativ staulos. Der Verkehr war geschwind wie ein japanischer Schnellzug. Hierzu muss man wissen, dass die Züge in Japan schlimmstenfalls mal eine Minute Verspätung haben und selbst dann eine entschuldigende Durchsage vom Bahnhofspersonal kommt und man sich als Passagier Bescheinigungen für den Arbeitgeber besorgen kann, die dann belegen, dass die Verspätung nicht die Schuld von einem selbst gewesen ist.

Zufrieden schaute Sonoko aus dem Fenster, während Yoko das Auto schnell in Richtung Filmstudio steuerte. Fünf Minuten bevor sie ankamen überprüfte Sonoko noch auf ihrem Handy, ob sich ihre beste Freundin gemeldet hatte. Tatsächlich gab es eine Nachricht. Sonoko spielte sie ab. In der Nachricht entschuldigte sich ihre beste Freundin dafür, dass sie sich erst jetzt zurückmeldete; offenbar war man im Urlaub in einen Mordfall geraten und der Vater hatte ihn inzwischen gelöst. Sonokos Freundin bedankte sich für die Übernahme der Yoko-Mission und war sehr froh über die Entlastung. „So können wir den Rest des Urlaubs hoffentlich genießen. Danke dir", bedankte sich die Gute zum Schluss.

Sonoko lächelte und packte ihr Handy wieder weg. Kurz darauf fuhren sie auf das Studiogelände.

Kapitel 3: Mord am Filmset

Ein paar Minuten später spazierten Sonoko und Yoko in die große Halle hinein, wo der Film gedreht werden sollte. Yoko war entschlossen höflich aber bestimmt ihren Standpunkt gegenüber dem Regiesseur zu vertreten. Sie schauten sich am Set um, aber niemand war da. Also suchten sie in den hinteren Räumen, von denen einer der Raum des Regiesseurs war. Auch hier war erstmal niemand zu finden. „Komisch. Keiner da", stellte Yoko fest, als sie im Pausenraum nachgeschaut hatten.

„Hallo! Ist hier jemand?!", rief Sonoko einmal laut. Keine Antwort. „Sehen wir mal im Büro des Regiesseurs nach", schlug Yoko vor.

Mit wenigen Schritten begaben sie sich vor die Tür. Yoko drückte die Klinke hinunter, aber es war abgeschlossen. „Offenbar ist er nicht da", schätzte Yoko. Sonoko meinte etwas zu vernehmen. Sie drückte ihr rechtes Ohr an die Tür und sagte zu Yoko: „Das klingt, als ob drinnen das Radio an wäre."

Nun drückte Yoko widerum ihr linkes Ohr an die Tür und bemerkte: „Ja, Sie haben recht."

Die beiden hörten erstmal auf zu lauschen und Sonoko klopfte entschlossen an die Tür. Dabei rief Sie: „Ist da jemand drinnen?! Sind Sie vielleicht eingeschlafen?!" Aber es kam keine Antwort. „Was machen wir jetzt?", wollte Yoko wissen.

„Gehen wir mal nach draußen um das Gebäude herum und schauen nach, ob es auf dieser Seite Fenster gibt. Vielleicht können wir ja durch eines hinein schauen, ob tatsächlich niemand da ist", meinte Sonoko.

„In Ordnung. So machen wir's."

Also verließen sie das große, graue Gebäude wieder und liefen einmal fast ganz herum. Tatsächlich gab es ein paar Fenster und sie waren sogar durchsichtig. Sie spähten durch eines und blickten in einen leeren Raum. Das nächste Fenster war wohl das Büro des Regisseurs; zumindest würde das erklären, wieso er gerade dort drinnen tot auf dem Boden lag. Sonoko und Yoko schrien gleichzeitig erschrocken auf. „Oh Gott! Er liegt da drinnen! Und alles ist voller Blut!", rief Yoko entsetzt.

Sonoko war auch alles andere als begeistert, aber sie versuchte sich zusammen zu reißen. „Wir müssen Hilfe holen. Vielleicht lebt er noch", sagte sie zu Yoko.

„Sah aber nicht so aus", entgegnete Yoko und schaute verängstigt in Richtung des verschlossenen Fensters. Da kamen Leute von einer Putzkolonne vorbei und Sonoko rief sie zu sich. Sie zeigte ihnen was geschehen war und einer der Typen rief sofort die Polizei und die Feuerwehr. Letztere für einen Krankenwagen. Nachdem er circa zehn Minuten in einer Warteschleife verbracht hatte, meldete sich endlich ein Polizist und er konnte berichten was sie vorgefunden hatten. Bei der Feuerwehr dauerte die Wartezeit nur halb so lange. Als er alles beschrieben hatte, legte er wieder auf und fragte an Sonoko gewandt: „Sind Sie die japanische Schauspielerin, die der Regisseur für seinen Film engagieren wollte? Überall auf dem Gelände redet man darüber."

„Nein, ich begleite sie nur", antwortete Sonoko und deutete auf die verstört dreinblickende Yoko, deren

Gesicht kreidebleich war.

„Sie sprechen aber sehr gutes Deutsch", lobte der Mann.

„Danke. Habe ich in Japan als zweite Fremdsprache gelernt", bedankte sich Sonoko für das lieb gemeinte Kompliment.

„Es ist schön jemanden zu treffen, der gutes Deutsch spricht. Noch vor einigen Monaten habe ich im Bundestag geputzt; dort ist das ja nicht gerade Gang und Gäbe. Da gibt es zum Beispiel eine Politikerin, die kennt nicht den Unterschied zwischen Kobalt und Kobolden. Außerdem hat sie aus Versehen Russland den Krieg erklärt; Gott sei Dank haben die Russen das völlig ignoriert."

„Solche Leute würden wir bei uns in Japan aber keine politischen Ämter bekleiden lassen", meinte Sonoko.

„Sowas gibt es auch nur in der westlichen Welt. Leider. Ich wünschte, wir hätten wieder ehrenhafte Deutsche an der Spitze der Nation. So wie früher den guten Otto von Bismarck und Kaiser Wilhelm I. Ja, sogar mit Kaiser Wilhelm II könnte ich leben, denn auch er war ein guter Mensch. Aber die Zeiten sind leider vorbei", seufzte der Mann.

„Vielleicht kommen sie irgendwann wieder; wenn auch in etwas anderer Form."

„Hoffentlich."

Sonoko klopfte ihm tröstend auf die Schulter. Dann warf sie noch einen Blick auf Yoko. Diese wirkte ziemlich mitgenommen. „Ich glaube, ich sollte ihr jetzt etwas Beistand leisten", sagte Sonoko darum zu dem netten Mann und zeigte dabei auf Yoko.

Der Mann nickte verständnisvoll und Sonoko begab sich zu Yoko und tröstete sie ein wenig.

*

Etwa eine Stunde später trafen Polizei und Feuerwehr ein. Zumindest der Mann vom Rettungsdienst entschuldigte sich dafür, dass es so lange gedauert hatte und meinte: „Entschuldigen Sie, aber in Berlin und im Umland passiert ständig etwas. Messerattacken, Überfälle; das ganze Programm."

Daraufhin wurde er gleich von einer Kommissarin angekeift: „Was wollen Sie damit sagen?! Unterstellen Sie etwa, die BRD sei nicht sicher?!"

„Äh...", begann der Rettungsdienstmann.

„Wollen Sie hier etwa rechtspopulistische Verschwörungstheorien verbreiten?!", fragte die Polizistin drohend.

„Aber...", setzte der Rettungsdienstmann erneut an.

„Sind Sie etwa ein verkappter Nazi?!"

Sonoko, die bisher neben Yoko auf dem Boden gehockt hatte, erhob sich und meldete sich zu Wort: „Der Typ liegt übrigens da drinnen. Alles ist voller Blut und er sieht ziemlich tot aus."

„Einen Moment noch", winkte die Kommissarin in Richtung Sonoko ab.

Dann sagte sie zu dem Rettungsdienstmann: „Wir werden noch heute Ihre Daten überprüfen. Sollten wir in den Medien, besonders in den sozialen Medien, etwas politisch Unkorrektes finden, können Sie was erleben. Als Feuerwehrmann müssen Sie schließlich politisch neutral sein. Sollten Sie also rechts sein, machen wir Sie dafür fertig."

„Nun... eigentlich bin ich Mitglied der 'Grünen Jugend'", log der Mann dreist, weil er nun wirklich die Schnauze voll von der Polizistin hatte.

„Was? Ach so! Ja, Genosse warum haben Sie das nicht gleich gesagt? Sorry, dass ich Sie so angeblafft habe. Dafür spendiere ich Ihnen nachher ein veganes Essen."

„Vielen lieben Dank", bedankte sich der Rettungsdienstmann verlogen.

„So. Nun aber zum Tatort. Da drinnen soll es sein?", fragte die Kommissarin und deutete auf das Fenster. Sonoko nickte. Die Kommissarin warf einen Blick hinein und wies ihre Beamten an, ins Gebäude zu gehen und die Tür zu öffnen. Zwei Jungs vom Rettungsdienst sollten ebenfalls mitkommen, für den offensichtlich äußerst unwahrscheinlichen Fall, dass der Tote da drinnen noch lebte.Dann sagte sie an Sonoko und Yoko gewandt: „Der Typ da drinnen sieht ziemlich tot aus. Sie haben ihn entdeckt?"

Die beiden Frauen nickten. „Tja, nichts für ungut, aber Sie wissen vielleicht, dass die ersten Menschen am Tatort immer zu den Hauptverdächtigen zählen. Wo kommen Sie denn her?"

„Wir stammen beide aus Japan", antwortete Sonoko und legte eine Hand tröstend auf Yokos rechte Schulter.

„Aus Japan. Dann stammen Sie also aus dem Ausland. Na in dem Fall können Sie es unmöglich gewesen sein!", freute sich die Polizistin.

Meint die das ernst? Ich meine, klar; wir waren es natürlich nicht, aber uns einfach so von vornherein auszuschließen, nur weil wir aus Japan kommen? Das ist doch absurd. Das wäre ja ebenso dumm, wie uns von vornherein auszuschließen, nur weil man uns persönlich kennt. Müsste die Polizei nicht in alle Richtungen ermitteln? Was soll das hier eigentlich? Nach dem was Yoko mir von dem anderen Mordfall erzählt hatte, dachte ich mir eigentlich schon ganz genau, mit was für einer Behörde ich es hier zu tun habe. Aber nun bekomme ich diese Vermutung noch einmal live und in Farbe bestätigt, dachte Sonoko.

Von drinnen hörte man ein Krachen und dann rief ein Polizist von innerhalb des Gebäudes lautstark: „Die Tür ist offen!"

„Gut, dann gehen wir mal hinein", sagte die Kommissarin.

Sie schritt voran. Sonoko und Yoko folgten ihr. Sonoko hielt Yokos Hand.

*

Im Inneren des Raumes stellten die Leute vom Rettungsdienst wie zu erwarten nur noch den Tod des Regisseurs fest. Dann begannen die Polizisten damit alles am Tatort zu fotografieren. Die Kommissarin stand in der Tür; Sonoko und Yoko waren ihr gefolgt und kamen hinter ihr zum stehen. Die Todesursache konnte selbst den Beamten nicht entgehen. Ihm war mit einem langen Küchenmesser der Bauch aufgeschlitzt worden. Das Messer befand sich noch in seiner rechten Hand. „Selbstmord. Er kam rein, schloss die Tür ab, schaltete das Radio ein um Musik zu hören und brachte sich dann um", schlussfolgerte die Kommissarin.

„Sollen wir das Radio abschalten?", fragte einer ihrer Untergebenen.

„Noch nicht. Wir warten noch bis eine Ansage kommt. Dann wissen wir, welcher Sender es ist. Die Musik klingt gar nicht so übel", lautete ihre Antwort.

„Oder Sie nehmen sich das Radio und schauen auf dem Display nach", schlug Sonoko vor.

„Gute Idee", lobte die Kommissarin.

Also sahen sie nach, aber es war nur ein nichtssagender Musiksender. Ein Beamte notierte sich das und schaltete anschließend das Radio ab. „Tja, der arme Kerl hat sich umgebracht. Suchen wir mal nach einem Abschiedsbrief", beschloss die Kommissarin.

Sie sah sich auf dem Schreibtisch um, fand aber keinen. Da hatte Sonoko eine Idee: „Auf dem Schreibtisch steht doch ein Computer."

„Der ist aber aus. Niemand schreibt eine Sterbenachricht und macht dann den Rechner aus", meinte die Kommissarin.

„Und wenn er nur schwarz geworden ist, weil länger keine Eingaben gemacht wurden?", wandte Sonoko ein.

Die Kommissarin bewegte die Maus und der Bildschirm erhellte sich tatsächlich. Auf ihm war eine Sterbenachricht zu lesen. „'Das Filmprojekt wird scheitern. Ich kann nicht mehr. Ich halte den Druck nicht aus; also bringe ich mich um.'", las die Kommissarin vor.

„Ein wenig kurz für eine Sterbenachricht. Man sollte meinen, ein Regiesseur würde deutlich mehr zu sagen haben", murmelte Sonoko nachdenklich.

Die Kommissarin winkte einen der Beamten her und ließ ihn die Nachricht auf dem Bildschrim fotografieren.

„Den Computer nehmen wir natürlich mit. Ebenso wie Tastatur, Maus und alles andere hier im Büro. Alles wird abtransportiert", verkündete sie.

Sieht alles sehr wertvoll aus. Können wir später prima zu Geld machen, dachte sie dabei.

Dann fiel ihr ein Krimi auf dem Schreibtisch auf. „Ah. Er hat wohl kurz vor seinem Tod noch einen Roman zu Ende gelesen", stellte sie fest und nahm ihn in die Hand. „Das Lesezeichen ist ganz hinten im Buch. Offenbar wurde er fertig mit diesem Buch, nur frage ich mich was ein Blumento ist? Von so einer Pferdeart habe ich noch nie gehört."

„Ich auch nicht und ich kenne mich mit Pferden aus", bemerkte Sonoko und fragte. „Wie lautet denn der Titel des Buches?"

„'Das Rätsel der Blumentopferde'", las die Kommissarin vor.

Sonoko fasste sich an den Kopf. „Nun, der Krimi ist völlig unerheblich. Wir haben hier einen Selbstmord; das ist ganz klar. Meine Leute schauen sich hier noch ein wenig um, dann geben wir Ihre Aussagen zu Protokoll und anschließend ziehen wir wieder ab", sagte die Kommissarin zu Yoko und Sonoko.

„Aber ist die Sterbenachricht nicht etwas kurz für einen Regiesseur?", fragte Sonoko.

„Ach was. Wahrscheinlich hat er sich umgebracht, weil grundsätzlich alle Weißen böse sind und er die ewige Schuld der Weißen nicht mehr ertragen konnte. Das Filmprojekt war bestimmt nur der Tropfen, der das Fass zum Überlaufen brachte. Alle Weißen sind Verbrecher und jetzt gibt es eben einen weniger."

„Aber Sie sind doch selbst eine Weiße", stellte Sonoko

fest.

„Nicht doch. Ich bin eine woke Weltbürgerin. Ich habe keine Abstammung", behauptete die Kommissarin.

„Und wieso denken Sie, alle Weißen wären böse?"

„Na wegen der zwei furchtbaren Weltkriege! Aber davon verstehen Sie natürlich nichts!", rief die Kommissarin aus.

„Äh... wir kommen aus Japan. Falls Sie es vergessen haben; wir waren damals auch dabei. Im Übrigen gibt es in allen Völkern Gute und Böse. Denken Sie die Mongolen waren immer korrekt, als sie weite Teile Asiens beherrschten? Oder die Ägypter, als sie in der grauen Vorzeit in Nordafrika und dem Nahen Osten ihr Reich aufbauten? Oder glauben Sie, die Maja und Inka waren immer lieb und nett zu ihren Nachbarn?", wandte Sonoko ein.

„Kann ja alles sein, aber nichts war so schlimm wie die beiden Weltkriege. Sie beweisen, dass alle Weißen böse sind und alle Deutschen im Besonderen."

„Erstens gab es auch Deutsche, die offen oder versteckt gegen Hitler gekämpft haben und die waren ja wohl ebenfalls Weiße. Zweitens war zumindest der erste Weltkrieg nicht Deutschlands Schuld; das haben Historiker wie Christopher Clark klar bewiesen. Vielleicht haben Sie das nicht mitbekommen, aber der Mann ist ja auch Australier und das liegt bekanntlich näher an Japan als an Deutschland. Ich bin wirklich keine Fachfrag was Geschichte betrifft; die neueste Mode interessiert mich mehr. Aber selbst ich habe schon von Leuten wie dem Grafen von Stauffenberg gehört."

„Der Stauffenberg war ein verdammter Rechter", knurrte die Kommissarin bissig.

„Dann waren die Rechten also gegen Hitler. Gut zu wissen", entgegnete Sonoko.

Bevor die Kommissarin etwas entgegnen konnte, fügte Sonoko hinzu: „Im Übrigen gab es in China im vorletzten Jahrhundert einen Aufstand, bei dem um die 20.000.000 Chinesen draufgegangen sind. Das war auch ein übler Krieg und damit hatten die Weißen null zu tun. 20.000.000 Tote und ich wette Sie haben noch nie von diesem Krieg gehört. Oder von Japans erstem Versuch Korea einzunehmen. Damals sind Armeen aufeinandergetroffen, gegen die wirkten die Armeen des 30jährigen Krieges in Europa wie ein Kindergeburtstag. Sie müssen wissen, aus Japans Sicht ist Korea entweder eine Brücke nach Asien oder ein Dolch, der auf Japans Kehle gerichtet ist. So war es zumindest fast immer in der Geschichte. Nun ist Korea geteilt und keins von beidem mehr", erklärte Sonoko.

„Unterstellen Sie mir etwa ein eurozentrisches Weltbild?", fragte die Kommissarin erschrocken.

Sonoko hatte keine Ahnung was das bedeuten sollte. Sie hörte dieses Wort zum erstenmal, aber so wie die Kommissarin es gesagt hatte, klang es fies. Und weil sie von dem weißenfeindlichen Rassismus der Kommissarin genervt war, entgegnete sie ganz spontan: „Ja."

Entsetzt schaute die Kommissarin Sonoko an. Dabei schossen ihr allerlei Gedanken durch den Kopf: *Das kann doch nicht sein. Ich und ein eurozentrisches Weltbild. Unmöglich. Oder etwa doch nicht? Immerhin ist sie eine Ausländerin und Ausländer haben immer recht. Habe ich mich etwa durch meinen Dienst in Brandenburg mit dem blaubraunen Gift des Rechtsseins*

infiziert? Nein. Nein. Nein. Das darf nicht sein.
Panisch rannte die Kommissarin los. Sie stürmte an Yoko und Sonoko vorbei, die ihr nun verwundert nachblickten. „Wo will sie hin?", fragte Yoko einen der Beamten.

Dieser zuckte nur mit den Achseln. Insgeheim war er froh, diese unfähige, linke Vorgesetzte mal eine Weile los zu sein; aber seine wahren Ansichten musste er verbergen, da er sonst der nächsten politisch korrekten Säuberungswelle innerhalb der Behörden zum Opfer fiel. Es gab nur noch wenige kompetente, basierte Leute wie ihn. Die Kommissarin rannte und rannte. *Ich brauche klare, frische Luft. Und etwas Ruhe. Hier sind überall Menschen. Ah. Da vorne gibt es einen schönen Turm*, dachte sie, als sie auf dem Studiogelände einen hässlichen grauen Betonturm erblickte.

Sie betrat den Turm, stieg eine Treppe hinauf und fand sich hoch oben auf einer Aussichtsplattform wieder. Dann begann sie zu überlegen: *Eine Ausländerin nannte mich eurozentrisch. Sie muss die Wahrheit gesagt haben, denn Ausländer liegen niemals falsch. Menschen mit Migrationshintergrund sind perfekt und alles was sie sagen und tun ist oder wird perfekt. Also muss ich eurozentrisch geworden sein; nur wie konnte mir das entgehen? Das ist eine Schande. Ich bin eine Schande für das Regenbogenarmband, welches ich und meine Kollegen freiwillig tragen und durch das wir alle diejenigen als Rechts erkennen, die sich weigern es zu tragen. Aber wenn ich ein eurozentrisches Weltbild habe, bin ich doch selbst Rechts. Und wenn ich Rechts bin, bin ich ein Nazi. Eine Ausländerin hat es gesagt; also muss es wahr sein. Also muss ich dem sofort ein*

Ende machen.

Die Kommissarin sprang vom Turm und schrie dabei: „Vielfalt über alles!"

Bevor sie auf dem Boden aufschlug, schoss ihr noch ein Gedanke durch den Kopf: *Moment mal. Akif Pirincci stammt doch auch aus dem Ausland. Verdammt.*

Ein paar Leute hatten ihren Sprung bemerkt und eilten sofort zur Landestelle. Aber da war nichts mehr zu machen. Also wurde von ihnen erneut die Polizei gerufen. Wieder wurde ermittelt und es wurden Menschen befragt. Sowohl die Leiche der Kommissarin als auch die des Regisseurs wurden noch während der Befragungen ruck zuck abtransportiert.

Als Sonoko bei der Befragung endlich an der Reihe war, gab sie relativ wortgetreu ihre letzte Unterhaltung mit der toten Polizistin wieder. Daraufhin stellte der entsetzte sie befragende Beamte fest: „Was?! Die Kommissarin war eurozentrisch?! Na dann ist's ja gut, dass sie sich umgebracht hat. Gut, dass Sie sie als eurozentrisch erkannt haben. Ich werde Sie sofort für das Bundesverdienstkreuz vorschlagen. Setze gleich ein paar entsprechende Schreiben auf. Bin immerhin Oberkommissar; mein Wort dürfte Gewicht haben. Sie haben einen Nazi im Polizeidienst enttarnt, Frau Sato. Dafür gebührt Ihnen der Dank der ganzen BRD."

Sonoko wusste nicht so recht, was sie von diesem Lob halten sollte. Der Beamte fuhr fort: „Nun, Ihre Kontaktdaten haben wir ja. Falls das mit dem Bundesverdienstkreuz klappt, meldet man sich auf jeden Fall bei Ihnen. Viel ist jedoch außer dieser Sache nicht mehr zu tun. Bei zwei Selbstmorden haben wir relativ leichte Arbeit. Die Kommissarin hatte unserer

Datenbank zufolge nicht einmal Angehörige, die wir benachrichtigen müssten."

„Und der Regiesseur?", wollte Sonoko wissen.

„Das müssten wir erst ermitteln."

Der Beamte wandte sich zum Gehen. Sonoko sah ihm grübelnd nach. Dann fiel ihr etwas ein, als er schon einige Meter von ihr entfernt war. Sie rannte ihm hinterher und rief: „Moment! Bitte warten Sie!"

Er drehte sich um und Sonoko beeilte sich ihn einzuholen. Neben ihm angekommen sagte sie: „Der tote Regiesseur hatte das Messer in der rechten Hand. Als ich ihn kennenlernte, begrüßte er Yoko und mich aber mit der linken Hand. Ich glaube, er war eigentlich Linkshändler."

Der Beamte dachte kurz laut nach: „Hm. Linkshändler sagen Sie. Und die Sterbenachricht war auf dem Rechner geschrieben, also nicht Handschriftlich. Da könnte was dran sein. Womöglich was es doch Mord. Aber wie soll das gehen? Der Raum war verschlossen."

„Wissen Sie, in Japan haben meine Freunde und ich schon so einige knifflige Mordfälle erlebt. Manche hatten auch mit Morden in verschlossenen Räumen zu tun. Wenn Sie möchten, bin ich gerne bei der Lösung des Falles behilflich", bot Sonoko an.

„Klar, warum nicht. Schaden kann es ja nicht."

Nach dieser knappen Zustimmung begaben sie sich zurück zum Tatort. Der Beamte verkündete nun, dass es sich wohl doch um Mord handelte und Yoko zuckte zusammen. *Du liebe Güte. Gerate ich also schon wieder in einen Mordfall. Als ob mir das in Japan nicht schon oft genug passiert wäre*, dachte Yoko wenig begeistert.

Sonoko schaute sich ein wenig am Tatort um. Zuerst sah sie sich die Tür an, die verschlossen gewesen war. Dann das Fenster; auch dieses war verschlossen. „Wie hat der Täter das nur gemacht?", überlegte sie.

Dann wandte sie sich an die Beamten: „Vielleicht sollten wir mal mit den Verdächtigen reden."

„Äh... aber es gibt keine Verdächtigen. Am Set war ja niemand außer Ihnen und Frau Sockino", bemerkte einer.

„Richtig, stimmt ja. Wir waren die Einzigen heute hier. Aber das letzte Mal wimmelte es hier noch von Statisten, Kulissenschiebern, Kameraleuten, Regieassistenten... ja! Holen Sie die alle her und mit dem Regieassistenten fangen wir an. Die hatten bestimmt mehr Kontakt zum Regisseur als zum Beispiel ein Statist. Vielleicht können die uns sagen, wer ein Motiv hätte den Toten zu ermorden", schätzte Sonoko.

„Kein Problem. Nur wo bekommen wir eine Liste her, auf der die alle stehen?", fragte einer der Polizisten.

„Bestimmt ist eine Auflistung des ganzen Personals auf dem Rechner", fiel Yoko daraufhin ein.

„Gute Idee", lobte Sonoko.

Der Rechner war allerdings schon abtransportiert worden. Also rief man bei den Kollegen im Polizeirevier an, aber diese wussten nichts von einem Rechner im Zusammenhang mit diesem Fall. Es stand auch in keiner Datenbank etwas darüber. „Wie dumm", seufzte Sonoko.

Doch da hatte Yoko wieder eine Idee: „Bestimmt hat die Studiogeländeleitung alle Informationen die wir benötigen. Das ist ein riesiges Gelände und gewiss ist in deren Hauptbüro alles aufgelistet."

„Natürlich! Also auf zum Hauptbüro!", rief Sonoko aus. Zusammen mit Yoko und einigen Beamten ging sie dorthin. Entschlossen schritt sie voran, nur um im Hauptbüro auf einen leeren Stuhl zu stoßen, auf dem der Boss von allem sitzen sollte. Im Nebenbüro saß eine völlig überforderte Assistentin, auf deren Tisch sich die Papiere stapelten. Und als diese danach gefragt wurde, wo die ganzen gedruckten Akten aufbewahrt wurden, verwies sie auf eine Tür, hinter der sich alle schriftlichen Akten befinden sollten. Hinter der Tür war jedoch erstmal nur eine Wendeltreppe, die in einen Kellerraum führte. Der Raum war ziemlich groß und voller Aktenordner. Es mussten an die zehntausend Stück sein. „Oh Gott!", rief Sonoko entsetzt aus.

„Ganz ruhig. Das Filmprojekt hat ja gerade erst begonnen, also müsste es einer der nicht verstaubten Ordner sein. Das schließt schon mal die meisten dieser Ordner von vornherein aus", beruhigte sie Yoko.

„Wow. An Ihnen ist wohl auch eine Meisterdetektivin verloren gegangen", lobte Sonoko.

„Na ja, ich habe bei so mancher Gelegenheit eine Detektivin im Fernsehen gespielt", entgegnete Yoko und lächelte ein wenig verlegen wegen dem Kompliment.

„Trotzdem... wenn ich diese vielen gedruckten Aktenberge sehe, vermisse ich Japan. Da waren die Fälle immer viel einfacher. Ein Mord, ein paar fein säuberlich versammelte und vor allem überschaubare Verdächtige und einer von denen war dann der Täter. Manchmal waren wir sogar von der Außenwelt abgeschnitten, sodass auch der Täter nicht abhauen konnte", erinnerte sich Sonoko.

Yoko griff sich einen herumliegenden Ordner und blätterte darin herum. Dann nahm sie sich den der danebenlag und stellte mit einem Blick hinein fest: „Also nach Datum sind die nicht sortiert."

„Wenn sie wenigstens ordentlich beschriftet wären", meinte Sonoko beim Anblick vieler leerer Ordnerrücken.

Zusammen mit den anwesenden Beamten suchten sie eine Weile. Nach etwa einer Stunde gaben Sonoko und Yoko auf. Sie hatten alle nicht staubigen Akten durchsucht und Sonoko meinte: „Das reicht! Die Staubigen nehmen wir und nicht auch noch vor! Die können es schließlich nicht sein; dazu läuft das Projekt noch nicht lange genug!"

Genervt und auch etwas entmutigt schlichen sie die Wendeltreppe wieder hinauf. Oben angekommen fragte die Assistentin: „Haben Sie gefunden was Sie gesucht haben?"

„Nein, die gedruckte Akte für den Blücher-Film war nicht zu finden", antwortete Sonoko.

„Die Druckakte für den Blücher-Film? Die ist nicht hier. Die hat der Blücher-Film-Regisseur mit nach Hause genommen", meinte die Assistentin.

„Was?!", rief Sonoko aus.

„Warum haben Sie uns das nicht gleich gesagt?", wollte einer der Polizeibeamten wissen.

„Danach haben Sie doch gar nicht gefragt. Sie wollten lediglich wissen, wo sich alle gedruckten Akten befinden", lautete die Antwort.

Sonoko knurrte: „Gut. Gehen wir."

Sie gingen wieder hinaus und einer der Beamten fragte im Büro nach, wo der Regisseur wohnte. Als Antwort

bekam er zu hören: „Woher sollen wir das wissen?"
Daraufhin sagte er für Sonoko, Yoko und
wahrscheinlich auch für die Bewohner im weit
entfernten Tokyo gut hörbar: „Na weil 'wir' die Polizei
sind! Seine Adresse wird ja wohl in den Datenbanken
sein, oder?!"
„Die Datenbanken werden überarbeitet und sind derzeit
nicht abrufbar", lautete die trockene Antwort.
„Okay, dann seht halt in seiner Brieftasche nach. Ich
war ja von Anfang an am Tatort dabei und weiß daher,
dass er eine bei sich hatte. Die müsste bei Euch
zusammen mit dem Toten vorliegen und da ist bestimmt
auch sein Personalausweis drinnen", schlug der
genervte Beamte seinem Kollegen über das Telefon vor.
Der Kollege sagte „Okay, bis gleich", ging kurz weg,
kam dann wieder und meinte: „Er hatte keine
Brieftasche bei sich."
„Wie? Was? Er hatte keine bei sich? Unmöglich. Da war
eine und da war bestimmt jede Menge Geld drinnen! So
prall wie die gefüllt war!"
„Keine Brieftasche", lautete die knappe Antwort.
„Vielleicht ein Handy, in dem etwas Brauchbares drin
steht? Ich weiß leider nicht mehr, ob er auch ein Handy
in einer seiner Taschen hatte, aber es könnte doch sein,
oder?"
Wieder ging der Kollege am anderen Ende der Leitung
kurz weg, kam gleich darauf zurück und meldete: „Kein
Handy."
Genervt legte der Beamte auf. Da hatte Sonoko eine
Idee: „Die Frau im Büro müsste in ihren Datenbanken
zu stehen haben, wo der Regiesseur gewohnt hat."
Also ging man wieder ins Büro zurück. Sonoko

spazierte zur Assistentin und verkündete: „Und jetzt wüssten wir gerne, wo der Regisseur seine Wohnung hatte."

*

Knapp eine Stunde später erreichten sie das Gebäude, in welchem der Regisseur gewohnt hatte. Die „Wohnung" nach der Sonoko gefragt hatte, entpuppte sich als ein großes Haus, welches ganz alleine dem Regisseur gehörte. Es war sein Eigentum und sein Besitz. Na ja, jetzt ja nun nicht mehr. Sonoko klingelte. Niemand machte auf. „Wie kommen wir jetzt rein?", wollte Yoko wissen.

„Ich rufe im Revier an und frage nach dem Schlüssel. Aber der dürfte wohl auch weg sein", entgegnete der Beamte genervt und telefonierte.

Doch, oh Wunder! Nachdem man ein paar mal hin und her verbunden worden war, stellte sich heraus: Der Schlüssel war noch da und man kam überein, dass ein Kollege vorbeifuhr und ihn den Leuten brachte. Sonoko, Yoko und die sie begleitenden Beamten warteten so lange vor dem Haus. Es war angenehm lauwarm und ein schöner Tag um draußen herumzusitzen. Einer der Beamten hoffte wohl darauf, dass ihn die beiden Frauen ranlassen würden, wenn er nur besonders nett war. Und so bestellte er für alle Pizza und Getränke. Das Essen wurde vor das Haus des Toten geliefert, man machte es sich auf der Treppe gemütlich und so verging die Zeit wie im Flug. Irgendwann stand dann plötzlich ein weiterer Beamte neben ihnen und überreichte den Hausschlüssel. *Komisch, ich habe ihn gar nicht den Weg zum Haus benutzen sehen; anders als den Pizzaboten vorhin, der schon von weitem sichtbar war. Wie konnte er mir entgehen? Oder anders gefragt: Wo ist er hergekommen?*, überlegte Sonoko, während der Schlüsselbringer wieder verschwand.

Er ging eindeutig den Weg zum Haus, um das Grundstück zu verlassen. Sonoko war verwundert, doch als die Tür aufgeschlossen wurde, ahnte sie bereits was passiert war. Denn das Haus war verdächtig leer und selbst Sonoko fiel auf, dass an vielen Stellen bis vor Kurzem noch Möbel gestanden haben mussten. Die Druckstellen in den Teppichen waren unverkennbar. An einer Ecke war der Teppich beschädigt; so als ob jemand versucht hätte ihn vom Boden abzureißen, aber daran gescheitert war. Sonoko, Yoko und die sie begleitenden Beamten gingen durch einen Flur, in dem vor Kurzem noch Bilder gehangen haben mussten. Die weißen Vierecke, die viel weißer waren als die restliche Wand, sprachen eine eindeutige Sprache.

Die Gruppe durchschritt einmal das komplette Erdgeschoss, bis sie auf eine offene Hintertür stießen. Diese führte zu einem von zwei Hecken umgebenen Weg. Dieser war den neugierigen Blicken der Nachbarn durch ebendiese Hecken verborgen. Er führte zur Straße, wo man prima einen Lastwagen parken konnte, um beliebig viel unbemerkt abzutransportieren. Sonoko seufzte und dachte: *Ich bezweifele, dass wir die Akte hier noch finden.*

Sie gingen weiter in den ersten Stock. Dort gab es ein Klo, aber kein Klopapier. Selbst die Klobürste fehlte.

Und der Duschvorhang. Und der Duschkopf. Und das Badezimmerfenster. Und mehrere Kacheln von der Badezimmerwand. Dann kamen sie in ein Zimmer, wo alle Wände aufgebrochen waren. Man hatte Kabel, Metallteile und alles anderer Brauchbare aus den Wänden herausgebrochen und -gezogen. Sonoko schüttelte nur noch den Kopf.

Aber dann: Das Wunder!

In einem der Zimmer stießen sie auf einen Schrank, der offenbar zu fest an der Wand befestigt war. Man hatte zwar versucht ihn abzubekommen, aber es war misslungen. Doch der Schrank war leer.

Aber vor dem Schrank lag aufgeschlagen ein Aktenordner. „Ist er das? Ich wage es kaum zu hoffen", murmelte Sonoko.

„Vielleicht haben ihn die Diebe nicht mitgenommen, weil er nichts für sie wert ist. Gebrauchte Bücher oder so kann man verkaufen, aber solche Akten...", meinte Yoko.

Sonoko hob den gelben Aktenordner auf. Er sah schon so aus wie die Ordner, die sie vor Kurzem durchsucht hatten. Und tatsächlich: Er war es. „Juhu!", freute sich Sonoko.

Sie hielt ihn stolz in die Höhe, so als ob die den Ring der Macht aus „Herr der Ringe" gefunden hätte. Dann fiel Yoko etwas ein: „Warum haben wir die Assistentin eigentlich nicht gefragt, ob sie weiß wer alles am Set des Toten tätig ist?"

„Verdammter Mist! Wir hatten sie lediglich nach den Druckakten gefragt! Bestimmt hatte sie alles auch digital auf ihrem Rechner! Sowas Blödes!", fluchte Sonoko.

„Wär mir das doch nur früher eingefallen", klagte Yoko. „Na ja, es ist nicht mehr zu ändern. Wenigstens haben wir die Akte", sagte Sonoko und warf einen Blick hinein.

Es war auf jeden Fall die Richtige. Yoko stand als Hauptrolle drinnen; die von ihr mitgebrachten Nebendarsteller waren bereits durchgestrichen und es waren jede Menge Namen von allen möglichen am Set Beschäftigten aufgelistet. Außerdem ging es um die Produktionskosten, um Drehgenemigungen in der freien Natur an historischen Plätzen und vieles mehr. Sonoko überreichte den Beamten die Akte und meinte: „Und jetzt müssen Sie nur noch die Alibis jedes Einzelnen überprüfen. Den Todeszeitpunkt sagt Ihnen die Gerichtsmedizin. Schließen Sie einfach alle Verdächtigen aus, die einwandfreie Alibis haben und diejenigen die übrig blieben... nun bei denen helfe ich Ihnen gerne."

Sie hatte es in einfacher Sprache gesagt, damit die Polizisten es auch wirklich verstanden. „Aber was ist, wenn das Alibi nur vorgetäuscht ist?", wollte einer wissen.

„Findet derzeit in Deutschland nicht eine Fußball-EM statt? Bestimmt haben sich viele Verdächtige mit Freunden oder Verwandten oder an öffentlichen Orten die Spiele angesehen. Wenn es dafür einwandfreie Beweise und Zeugen gibt, dann kann man diese Verdächtigen streichen. Und was übrig bleibt, schaue ich mir mal an", beschloss Sonoko.

In Gedanken fügte sie hinzu: *Es kann natürlich auch sein, dass niemand vom Filmteam den Mord begangen hat. Vielleicht war es jemand von außerhalb, obwohl ich*

das basierend auf meiner Erfahrung für
unwahrscheinlich halte. Und dann wäre da noch die
Frage danach, wie der Täter aus dem verschlossenen
Raum wieder hinausgekommen ist? Vielleicht sollte ich
mich noch einmal am Tatort umsehen, aber nicht heute.
Es ist schon spät und wenn ich mir Yoko so ansehe... sie
sieht aus, als ob sie eine Pause und etwas Ruhe gut
gebrauchen könnte. Das heute war offenbar ganz schön
viel für sie. Ich schätze, ich leiste ihr heute Abend
besonders viel Gesellschaft und wir unterhalten uns.
Bei all dem Stress kann sie bestimmt gut jemanden
gebrauchen, der etwas für sie da ist. Zumal dafür
derzeit ja nur ich infrage kommt, weil alle die sie auf
dem Hinweg hierher nach Deutschland begleiteten ja
wieder verduftet sind. Aber die konnten ja auch nicht
ahnen, dass hier ein Mord passieren würde.

Sonoko und Yoko ließen sich von den Beamten zum
Filmstudio zurückfahren. Dort angekommen stiegen sie
in Yokos Mietwagen um und fuhren zurück zum Hotel.
Es war gut, dass die Polizisten sie zum Haus des Toten
und wieder zurück gefahren hatten, denn Yoko hatte die
Zeit im Polizeiwagen vorsorglich genutzt, um zu
schlafen und war deswegen richtig schön ausgeruht, als
sie Sonoko und sich selbst zum Hotel zurück fuhr.

Im Hotel angekommen machten die beiden Frauen nicht
mehr sonderlich viel. Sie ließen bei einem leckeren
Abendbrot den Tag Revue passieren und kamen zu dem
Schluss, dass noch nicht abzusehen war, wie der ganze
Fall ausgehen würde. Sonoko erkundigte sich noch nach
Yokos Gefühlswelt, aber sie steckte das Ganze offenbar
gut weg. „Aber ich bin froh, dass der heutige Tag vorbei

ist. Er war ganz schön anstrengend. Ich brauche erstmal eine gründliche Pause", sagte Yoko bevor sie Sonoko eine gute Nacht wünschte.

„Ja, eine Pause täte ihr wohl gut. Im Hotel gibt es ja einen schönen Badebereich. Vielleicht sollten wir uns morgen dort entspannen", murmelte Sonoko an sich selbst gewandt.

Dann warf sie einen Blick auf die Uhr und meinte: „Ich sollte wohl besser sagen: 'Vielleicht sollten wir uns heute dort entspannen'."

Es war schon nach Mitternacht und Sonoko beschloss nun sich ebenfalls schlafen zu legen.

*

Die nächste Morgen brachte keinen eitel Sonnenschein, sondern strömenden Regen. Sonoko wunderte sich ein wenig über das Wechselwetter in Deutschland. „Aber andererseits gibt es in Japan tausende Erdbeben; die meisten sind zwar nicht so schlimm, aber angenehm ist das trotzdem nicht. Jedes Land hat wohl seine geographischen oder klimatischen Eigenheiten. Viel mehr als das Wetter beunruhigt mich hier oft das Verhalten der Staatsmacht", sagte sie zu sich selbst, während sie aus dem Fenster schaute und dem Regen beim regnen zusah.

Dann rief sie mal wieder ihre beste Freundin an und hinterließ eine Nachricht. Sie dachte über die verschiedenen Zeitzonen der Erde nach und fragte sich wie spät es jetzt wohl in Japan sein mochte? Bevor sie das mit Hilfe des Internets herausfinden konnte, klopfte es an ihre Tür. Sonoko Sato stand auf, ging hin und öffnete die Zimmertür. Vor der Tür stand eine sehr glückliche Yoko. „Mir wurde eine neue Rolle angeboten!", begrüßte sie Sonoko überglücklich.

„Das ist ja toll!", freute sich Sonoko für Yoko.

„Ja, nicht wahr? Es hat sich herumgesprochen, dass ich in Deutschland bin. Nächste Woche soll es losgehen und ich müsste nach Niedersachsen. Der Film wird in Bielefeld gedreht; einer Großstadt im Teutoburger Wald. Dort in der Nähe steht auch das Hermannsdenkmal. Das Denkmal des großen Helden, der einst Deutschland vor der Eroberung durch die Römer bewahrte. Habe ich im Netz nachgeschlagen. Wenn Sie möchten, können Sie mich auch dorthin begleiten", bot Yoko an.

„Gerne, aber geht das denn? Sind zwei Filmprojekte auf einmal nicht ein bisschen viel?", wollte Sonoko wissen.

„Wieso zwei Projekte? Ach so, Sie wissen das ja natürlich noch nicht. Das Filmprojekt über Blücher wurde leider abgeblasen. Ist natürlich schade, wo wir uns so viel Mühe gegeben haben, aber wer weiß ob der tote Regiesseur unsere Änderungen überhaupt genommen hätte? Oder sein Nachfolger? Hätte ja sein können, dass ein anderer Regiesseur den Platz einnimmt, aber daran hatte das Studio wohl kein Interesse. Schade, denn vielleicht hätten dem unsere Ideen gefallen."

„Möglich."

„Tja, wir werden es nie erfahren", winkte Yoko ab.

„Aber was ist mit Ihrem Vertrag? Immerhin hatten Sie auch Unkosten, oder? Von Ihrer Zeit ganz zu schweigen; gerade für Schauspieler ist Zeit ja Geld", wandte Sonoko ein.

„Die Unkosten erstattet das Studio mir voll und ganz. Also kein Grund zur Sorge. Aber den Vertrag können die halt von sich aus jederzeit einseitig kündigen. Steht auch so im Vertrag drinnen."

„Klingt nach keinem sonderlich angenehmen Vertrag", bemerkte Sonoko.

„Ach was. In dem Fall geht das ja für mich klar. Ich darf einen Film in Bielefeld machen!", rief Yoko erfreut aus. Während sich Yoko lächelnd und vergnügt zweimal im Kreis drehte, schaute Sonoko auf ihrem Handy nach der Stadt Bielefeld. Sie stieß ziemlich schnell auf eine Webseite, die behauptete dass es Bielefeld gar nicht gab. Sonoko verwies Yoko auf diese Webseite und diese war erstmal entsetzt. „Was?! Die Stadt gibt es gar nicht? Oh nein. Man hat mich hereingelegt. Dann war ja alles umsonst. Ach je, ach je", klagte Yoko.

Sonoko wollte sich gerade Yoko annähren, um sie zu trösten, da fing sich die Gute wieder und meinte nur: „Einen Augenblick mal. Das kann eigentlich nicht stimmen. Eine ganze Stadt frei erfunden. Klicken Sie mal auf Ihrem Handy einen Schritt zurück."

Sonoko tat wie ihr geheißen und sie schauten sich weiter im Netz um. Auf einigen vertrauenswürdigen Webseiten stand dann, dass es die Stadt Bielefeld doch gibt und das es eine beliebte Verschwörungstheorie im Internet gibt, bei der behauptet wird, Bielefeld würde es gar nicht geben. „Also behaupten bloß einige Leute im Netz, dass es Bielefeld nicht gibt", stellte Sonoko fest.

„Ein Glück. Meine Güte, haben Sie mir einen Schrecken eingejagt."

„Tut mir leid", entschuldigte sich Sonoko.

„Ist ja nichts weiter passiert. Das hier ist eben keine

japanische, sondern eine deutsche Geschichte. Da kommen schon mal die seltsamsten Sachen vor", verzieh ihr Yoko und legte Sonoko eine Hand auf die Schulter.

Sonoko war froh, dass Yoko ihr das kleine Missverständnis nicht übel nahm. „Also fahren wir demnächst nach Bielefeld", stellte sie fest.

„Und besuchen auch das Hermannsdenkmal", fügte Yoko gespannt hinzu.

Sie freute sich riesig auf die Reise. Und sie erkannte: „Also kannte der Regisseur aus Bielefeld wohl diese Verschwörungstheorie. Dann weiß ich jetzt wenigstens was er meinte, als er scherzhaft sagte: 'Sehen wir uns nicht in dieser Welt, dann sehen wir uns in Bielefeld'."

Doch da fiel Sonoko etwas ein: „Moment mal. Was ist denn mit dem Mordfall? Eigentlich wollte ich den doch aufklären."

„Richtig", bemerkte Yoko nach einer kurzen Denkpause.

„Ja, wie machen wir das denn?"

„Na ja, Bielefeld liegt doch bestimmt nicht auf dem Mond. Deutschland ist ja nicht so riesig; früher war es mal bedeutend größer. Wir können sicherlich problemlos hin- und herpendeln wenn es nötig ist. Außerdem gibt es ja noch Handys; wir können bestimmt auch übers Telefon der Polizei helfen. Hinzu kommt, dass es ja nicht sofort los geht. Und wir haben ja noch eine Woche Zeit, bis meine Arbeit in Bielefeld beginnt. In der einen Woche wird die Polizei bestimmt alle unverdächtigen Personen aus der riesigen Filmtruppe aussortiert haben. Oder?", fragte Yoko.

„Bestimmt. Ich meine, wie schwer kann es denn schon

sein die Alibis zu überprüfen? Das ist schließlich keine Atomphysik und immerhin werden die Polizisten jahrelang für solche Situationen ausgebildet und vorbereitet", stimmte ihr Sonoko zu.

*

Eine Woche später mussten Sonoko und Yoko nach Bielefeld abreisen und die Beamten hatten noch nichts wirklich überprüft. Sonoko hätte sich noch gerne weiter mit dem Fall beschäftigt, aber sie wollte ebenso gerne Yoko nach Bielefeld begleiten, zumal es ja auch die Hauptmission ihrer Reise nach Deutschland war, die liebenswerte Schauspielerin zu beschützen. So sah es Sonoko jedenfalls. Als Sonoko vor ihrer Abreise noch einmal telefonisch einen der Beamten mit denen sie zu tun gehabt hatten kontaktierte, bat sie ihn darum, sie auf dem Laufenden zu halten. Dieser verabschiedete sich mit den Worten: „Keine Sorge. Wir haben hier bei uns die beste Polizei der Welt. Wir schaffen das."
Daraufhin fragte Sonoko scherzhaft: „Aber setzen Sie damit nicht alle anderen Polizisten weltweit herab? Ist das nicht Diskriminierung?"
Es war nur ein Witz gewesen, aber im nächsten Augenblick hörte sie den Mann sagen: „Sie haben recht. Ich bin ein verdammter Rassist. Es gibt nur einen Ausweg."
Dann hörte sie einen Schuss. Das Handy fiel dem toten Polizisten aus der Hand und infolgedessen war die Leitung tot. Sonoko hielt das für einen blöden Witz und

legte auf. Anschließend fuhr sie mit Yoko los nach Bielefeld.

*

Die Reise nach Bielefeld verlief relativ friedlich. Unterwegs gab es nur zwei kleinere Staus, die bereits nach kurzer Zeit wieder aufgelöst wurden. Sonoko genoss die Aussicht aus dem Fenster und träumte ein wenig vor sich hin, während Yoko fuhr. Sie hatte sich gut informiert und als sie einen Ort namens Helmstedt passierten, sagte sie zu Sonoko: „Wir haben die ehemalige innerdeutsche Grenze hinter uns gelassen. Wir sind jetzt in Westdeutschland. Helmstedt lag früher ziemlich genau an der innerdeutschen Grenze, als das Land noch in DDR und BRD geteilt war. Inzwischen sagen manche der Helden, die 1989 gegen die SED-Diktatur in der DDR aufgestanden sind: 'Hätten wir gewusst, wie das wiedervereinigte Deutschland in 30 Jahren aussieht, hätten wir lieber noch 40 Jahre die DDR ausgehalten.'"

„Die SED-Diktatur? Warum nannte man die so?", wollte Sonoko wissen.

Sie hätte auch auf ihrem Handy nachschauen können, aber sie wollte sich ein bisschen mit Yoko unterhalten. Yoko antwortete: „Wegen der diesen Staat regierenden Partei. Die hieß SED, was für 'Sozialistische Einheitspartei Deutschlands' stand. Sie stellten die Regierung und kontrollierten die Scheinopposition in den Parlamenten. Manche sagen, dass das heute in der wiedervereinigten BRD genauso gemacht wird."

„Also der Eindruck einer kompetenten Regierung oder eines funktionierenden Staates drängt sich mir als Touristin hierzulande irgendwie nicht auf", bemerkte Sonoko dazu.

Als sie Helmstedt passiert hatten, was es nicht mehr weit bis Bielefeld. Die nächste größere Stadt war Braunschweig. Dann war sich Yoko nicht sicher, ob sie über Hildesheim oder Hannover fahren sollte? Sie entschied sich für Hannover, wo sie auch den Fluss Leine zu sehen bekamen. Später fuhren sie am schönen Minden vorbei, wo auf einem Berg ein wundervolles Denkmal für Kaiser Wilhelm I steht.

Einige Zeit später trafen sie auf eine gesperrte Straße. Der Weg nach Bielefeld war versperrt. Sie mussten eine komplizierte Umleitung fahren. Schließlich spielte Yokos Handy mit der Navigationsapp auch noch verrückt und zeigte ihnen an, dass sie sich bereits in Bielefeld befinden würden. Aber vor ihnen war nur ein leeres, abgeerntetes Feld im Nirgendwo. „Was soll das? Das Handy zeigt mir an, dass wir in Bielefeld sind. Das kann doch nicht wahr sein", stöhnte Yoko genervt.

Sonoko blickte aus dem Fenster. Draußen war es schon ziemlich dunkel. „Hatten diese Verschwörungstheoretiker etwa doch recht?", fragte Yoko mehr an sich selbst als an Sonoko gewandt.

„Da hinten sehe ich ein Licht brennen. Wollen wir mal hinfahren? Vielleicht sind es Menschen, die uns weiterhelfen können", schlug Sonoko vor und deutete auf ein Licht in der Ferne.

Yoko nickte und sie fuhren wieder los. Ein paar Minuten später hielten sie mit ihrem Auto an einer Bushaltestelle.

Die beiden Frauen stiegen aus und studierten den Plan. Nach einer kurzen Fahrplananalyse war ihnen klar, dass sie sich in der Nähe einer Stadt namens Herford befanden. Von dort aus fuhr ein Bus nach Bielefeld.

„Also müssen wir im Grunde nur der Busstrecke folgen, um nach Bielefeld zu kommen", stellte Yoko fest.

„Gut, aber was ist, wenn die Strecke nach links abbiegt und wir nach rechts abbiegen? Woher wissen wir, wie die Strecke verläuft?", fragte Sonoko.

„Dafür benutze ich mein Handy. Mag ja sein das die Navigationsapp spinnt, aber vielleicht kann ich zumindest die genaue Fahrstrecke dieses Busses abrufen", hoffte Yoko.

Die beiden jungen Frauen stiegen wieder ins Auto und versuchten ihr Glück. Tatsächlich gelang der Plan und sie kamen kurz vor Sonnenaufgang in Bielefeld an. Dort suchten sie als Erstes das von Yoko gebuchte Hotel auf und legten sich in ihren Zimmern auf's Ohr.

*

Irgendwann gegen Mittag wachte Sonoko auf. Sie gähnte ausgiebig, ging erstmal duschen und setzte sich anschließend ein wenig vor den Fernseher. Sie klickte mehrere Programme durch, stellte fest das offensichtlich im öffentlich-rechtlichen Fernsehen nur Mist lief und schaltete den Kasten wieder ab. Also nahm sie ihr Handy zur Hand, bemerkte eine Nachricht von ihrer besten Freundin und antwortete darauf mit einer kurzen Schilderung des Falles in Deutschland sowie ihrer nächtlichen Reise mit Yoko. In Japan war es dem Vater ihrer Freundin anscheinend gelungen, sowohl einen Fall aufzuklären als auch gleich wieder in einen weiteren Fall hinein zu geraten. „Man könnte meinen, er würde drei bis vier Mordfälle an einem Tag lösen, bevor ein Jahr vergangen ist", sagte Sonoko scherzhaft, lachte dabei und sendete die Nachricht ab.

Zehn Minuten später klopfte Yoko an die Tür und schlug vor, dass sie gemeinsam einkaufen gehen könnten. Sie verbrachten einen angenehmen Abend in einer Shoppingmeile nahe der Innenstadt und lernten auch ein wenig über die Geschichte der Stadt, die es angeblich gar nicht gab. Offenbar gab es dort schon vor über 2.000 Jahren ein Römerlager, aber unter dem Namen Bielefeld wurde die Stadt erst im Jahre 1214 erstmals erwähnt. Die Stadt mit über 300.000 Einwohnern gab es also schon eine ganze Weile.

Als Yoko und Sonoko mit dem Shoppen fertig waren, gingen sie guter Stimmung ins Hotel zurück. Dort überprüfte Yoko auf ihrem Handy ihre Nachrichten und verkündete zufrieden: „Ich hatte heute Morgen dem Regiesseur bescheid gesagt, dass wir in der Stadt angekommen sind. Er möchte mich morgen treffen und hat nichts dagegen, dass Sie mitkommen und sich das Studio ansehen."

„Super. Hoffentlich gibt es dort nicht wieder einen Mord", entgegnete Sonoko.

„Ja, wollen wir es hoffen", stimmte Yoko Sonokos Kommentar zu.

*

Am nächsten Tag machten sich Yoko und Sonoko auf zum Set. Dort angekommen geleitete man sie zum Regiesseur. Auf dem Weg durch das Studio stieß Sonoko fast mit einem jungen Mann zusammen. „Oh, entschuldigen Sie", sagte dieser.

„N-nein, ich muss mich entschuldigen. Ich war mit den Gedanken woanders", sagte Sonoko.

Dann schaute sie sich den Mann mit den kurzen schwarzen Haaren genau an. „Sagen Sie, haben wir uns nicht schon mal wo gesehen? Waren Sie nicht letztens noch ..."

„Ja, genau! Sie kamen mir auch gleich bekannt vor. Wir haben uns doch am Set drüben in Ostdeutschland gesehen, wo dann dieser schreckliche Mord passierte, der dann den ganzen Film über den Haufen warf", fiel dem jungen Mann auf.

„Richtig. Genau da war das. Was führt Sie denn jetzt hier her?", wollte Sonoko wissen.

„Na ja... ich arbeite als Statist und da der Film drüben im Osten nun Essig ist, musste ich mir eben etwas Neues suchen", lautete die logische Antwort.

„Oh. Gut das Sie so schnell was gefunden haben..."

„Ähm", räusperte sich der Mann, der Yoko und Sonoko zum Regiesseur führen sollte.

Yoko stand neben ihm und blickte Sonoko fragend an. Ihr Blick war nicht unfreundlich; im Gegenteil. Sie schien sich zu freuen, dass Sonoko jemanden kennenlernte. Aber der Angestellte neben ihr wirkte nicht so begeistert und war wohl etwas ungeduldig.

„Ach ja, wir wollten ja zum Regiesseur", fiel Sonoko da

wieder ein.

Sie hatte sich beinahe in den Augen des jungen Mannes verloren. „Kein Problem. Sehen wir uns nachher noch am Set?", fragte dieser.

„Aber klar", antwortete Sonoko.

Ihr Traumtyp lächelte ihr zu und sie lächelte zurück. Dann sagte sie noch herzlich „Bis später" zu ihm und ging mit Yoko dem anderen Mann hinterher zum Regiesseur.

Dieser freute sich sichtlich Yoko zu sehen. Er stand offenbar fest hinter seinem Projekt. „Es soll ein Krimi werden. Etwas ganz und gar Unpolitisches und Unideologisches. Ich weiß ja nicht ob Sie es bemerkt haben, aber hier bei uns in Deutschland ist inzwischen alles sehr politisch geworden. Und viele Leute haben davon wirklich die Schnauze voll. Sie hassen diesen Zustand und werden sich bestimmt über einen solchen Film freuen. Es gab da mal einen Film, der war und ist noch immer sehr beliebt. Na ja... was heißt 'es gab'? Den Film gibt es schließlich noch immer. Er heißt 'Victoria' und spielt in Berlin. Darin geht es um eine junge Frau, ich glaube aus Spanien, die an eine Gaunerbande gerät und allerlei mit den Ganoven erlebt. Ein sehr guter Film und sehr kostengünstig produziert. Soweit ich mich entsinne wurde er sogar mit nur einer Kamera gedreht. Ein Film, der beweist das man nicht Millionen investieren muss, um eine gute Geschichte zu erzählen. Und der Film ist frei von diesem ganzen Politikmist. So etwas Ähnliches möchte ich auch machen, aber für meinen Krimi brauchen wir halt mehr Leute. Außerdem spielt er nicht in Berlin, sondern hier in meiner Heimatstadt Bielefeld. Sie liebe Frau Sockino sollen die

Detektivin spielen. Sie spielen eine japanische Meisterdetektivin, die nach Deutschland kommt, um einen Mordfall aufzuklären. Doch als Sie ankommen, ist der Fall bereits aufgeklärt, aber Sie bleinen trotzdem in Deutschland und geraten zufällig in einen weiteren Mordfall. Was halten Sie davon?"

„Die Idee gefällt mir. Klingt auch sehr realistisch", sagte Yoko und schaute dabei Sonoko mit einem Sympathie ausdrückenden Seitenblick an.

„Wunderbar. Das Drehbuch ist auch schon fertig und wir fangen morgen an. Schauen Sie sich mit Ihrer Freundin ruhig noch ein wenig am Set um und lernen Sie die Leute kennen. Sie sind die Hauptfigur; es gibt viele Nebenfiguren, aber nicht wenige sind so unwichtig, dass sie im Drehbuch nicht einmal Namen oder so haben", erklärte der Regiesseur.

„In Ordnung. Wir sehen uns das Ganze mal an. Ich bin auf jeden Fall froh dabei zu sein", verkündete Yoko, die sich offenkundig sehr freute diese Rolle zu bekommen und mit einem unkomplizierten Regiesseur einen einfachen Film ohne auf-deutsche-Geschichte-spuckende Schlagseite zu machen. Auch der Regiesseur war dankbar Yoko dabei zu haben. Während er Yoko so anschaute, erinnerte er sich kurz auch an seinen Kollegen, der vor Kurzem ermordet wurde. Dessen Tod war ein echter Glücksfall für ihn, denn nun war Yoko frei, um bei seinem Projekt mitzumachen. Er hatte vor Jahren schon einmal mit seinem Kollegen zusammen gearbeitet und ihn dabei herzlich hassen gelernt. Davon ahnten Yoko und Sonoko jedoch nichts, als sie sich erstmal höflich von Yokos neuem Regiesseur verabschiedeten und loszogen, um sich das Set genauer anzusehen. Bei dieser Gelegenheit gab der Mann Yoko noch das auf DIN-A4 gedruckte Drehbuch mit.

Als die beiden Frauen so durch das Gebäude streifte, achtete Sonoko kaum auf die herumstehenden Kulissen. Ansonsten wäre ihr gewiss aufgefallen, dass diese wesentlich besser waren als alles was am Set des Toten herumgestanden hatte. Jedoch hielt Sonoko nun vor allem Ausschau nach dem Typen von vorhin. Sie wollte ihn unbedingt wiedersehen und sich erneut mit ihm unterhalten. Während sie so herumliefen, begegneten sie einem älteren Herren, der Yoko als Hauptdarstellerin erkannte. Er sprach sie an und erklärte, dass er für die Kostüme zuständig sei. Also fragte er Yoko, ob sie ihr Outfit sehen wollte? Natürlich war Yoko sofort interessiert und Sonoko kam selbstverständlich mit. Auf dem Weg dorthin lief sie beinahe wieder in den jungen Mann mit den kurzen schwarzen Haaren hinein. „Ups. So sieht man sich wieder", sagte Sonoko und lächelte ihn an.

Yoko entging natürlich nicht, dass Sonoko mit dem Mann gerne ein wenig allein wäre. Also sagte sie: „Wir gehen schon mal vor."

Dann ließ sie sich zu ihrem Kostüm führen, während Sonoko sich mit dem Typen unterhalten konnte.

„Und? Wie läuft die Arbeit am Set so?", wollte sie von ihm wissen.

„Ziemlich gut. Ich bin sehr zuversichtlich, dass dieser Film besser wird als die neuen 'Star Wars'-Filme."

„Na das ist keine Kunst", entgegnete Sonoko und winkte grinsend ab.

„Ja, echt mal. Was haben die sich dabei nur gedacht. Man denke an 'Das Erwachen der Macht', wo die

Helden die ganzen Tiere retten, aber den Jungen mit Besen im Stich lassen. Ich denke ja, der Junge mit Besen wird später ein Sith-Lord voller Hass auf die Republik und wird sich rächen, weil man ihn hängen ließ."

„Das wäre mal eine sinnvolle Handlung für die Filmreihe gewesen. Sie hatten am Anfang drei supergute Filme. Dann kamen die Vorgeschichten, mit denen man auch noch leben kann und nun kommt fast nur noch Murks", fand Sonoko.

„So ist es", stimmte er ihr zu.

„Und überhaupt. Wenn ich mir diese neue Republik so ansehe; die waren ganz schön überheblich, als sie die 'Erste Ordnung' unterschätzten. Außerdem... wer sagt denn, dass die Rebellen es besser machen, sobald sie mal an der Macht sind? Ich denke, es gibt einen Grund wieso sie uns die Rebellion nie an der Macht zeigen; wahrscheinlich werden die auch alles und jeden umlegen, der bei ihnen nicht mitmachen möchte sobald sie die Herrschaft haben. Vermutlich bauen die sich dann selber eigene Todessterne; nur eben regenbogenfarbig und mit Gender-Klo's", schätzte Sonoko und lachte dabei herzlich.

„So ein Unsinn. Die Rebellen sind doch die Guten. Und außerdem: Was ist verkehrt an Regenbogenfarben und Gender-Klo's? Das sind doch gute und wichtige Dinge", meinte der Typ.

Sonoko entgegnete: „Also gegen Regenbogen an sich ist überhaupt nichts einzuwenden. Das sind ganz wundervolle Farben; nur wofür diese Farben inzwischen weltweit missbraucht werden schmeckt mir nicht. Und das geht vielen Leuten in Japan so wie mir."

„Also bitte. Ihr in Japan seid doch total rückständig.
Wie kann man heutzutage noch einen Kaiser haben? So
was Lächerliches!", rief er aus.

„Wie kann man so respektlos gegenüber fremden
Kulturen sein? Aber wieso bin ich eigentlich überrascht;
Leute wie du respektieren weder die eigene noch eine
fremde Kultur wirklich. Euer Respekt vor fremden
Kulturen ist reine Heuchelei. In Wahrheit wollt Ihr alle
Kulturen gleichmachen und zwar indem ihr sie zu einem
unerkennbaren grauen Brei einstampft. Es ist wie bei
Lovecrafst 'Farben aus dem All'. Zuerst wirkt alles
schön bunt, aber dann ist alles grau. Und dann ist alles
tot. Das ist Euer Endziel", entgegnete Sonoko und war
von dem Typen nun überhaupt nicht mehr angetan.

„Lovecraft war ein dreckiger Reaktionär. Genauso wie
Euer Kaiser."

Daraufhin trat Sonoko ihm volle Kanne in die Eier. Er
schrie, hielt sich die Hände zwischen die Beine und
sackte zu Boden. Sonoko nutzte das aus und schlug ihm
mit der Faust ins Gesicht. Dann ging sie stinksauer
einfach weg. Im Weggehen nannte sie ihn noch einen
scheiß Rassisten und hielt es nun für angebrachter im
Wagen zu warten.

*

Es dauerte eine ganze Weile bis Yoko mit dem
Drehbuch in der Hand zurückkam. Freudestrahlend kam
sie zum Wagen und sah Sonoko da drinnen sitzen.
„Und? Wie ist es mit dem Typen gelaufen?", wollte

Yoko wissen.

„Er ist ein Arschloch", antwortete Sonoko und auf Yokos Nachfrage hin erzählte sie ihr was passiert war. Am Ende sagte Yoko: „Och, das tut mir leid. Dabei sah er so süß aus. Aber wenn einer innen drin so tickt, lässt man als Frau besser die Finger von ihm."

„Richtig."

„Das erklärt auch, warum Sie im Wagen gewartet haben. Als ich fertig mit dem Gespräch war, fragte ich ein paar Leute vom Set ob sie Sie gesehen haben und einer antwortete mir, dass Sie hier sind."

„Tja, ich wollte eben etwas Abstand zu ihm haben", meinte Sonoko.

„Das ist wohl besser so. Aber ich finde, wir sollten wieder hineingehen und dem Regiesseur bescheid sagen. Solch ein Verhalten geht gar nicht."

„Na gut", stimmte Sonoko zu.

Also stiegen sie wieder aus und suchten den Regiesseur auf. Als sie ihn in seinem Büro nicht fanden, überlegten sie. Sonoko fragte: „Sollen wir am Set herumfragen und ihn suchen?"

Yoko winkte ab: „Nee. Warten wir doch einfach hier auf ihn und wenn er in ein paar Minuten nicht wieder da ist, rufe ich ihn kurz auf seinem Handy an."

Damit war Sonoko einverstanden und so warteten sie eine kleine Weile. Als der Regiesseur zurückkam, war er überrascht. „Oh. Schön das Sie mich heute noch mal beehren, aber ich dachte Sie wären bereits auf dem Rückweg ins Hotel."

Yoko erzählte ihm was passiert war. „So ein Saukerl. Wie gemein von ihm. Den werde ich sofort suchen und feuern lassen", erklang die Reaktion des Regiesseurs.

Er nahm sein Telefon und rief den Sicherheitsdienst an. Sofort machten sich ein paar uniformierte Wachmänner auf die Suche nach dem Statisten. Aber es dauerte eine Weile, bis sie ihn fanden.

*

Als sie ihn fanden, saß er tot auf dem Klo. Dem Damenklo um genau zu sein, denn offenbar hielt er nichts davon, Klos nach Geschlechtern zu trennen. Streng genommen war es auch nicht der Sicherheitsdienst selbst der ihn fand, sondern eine Benutzerin des Badezimmers. Sie sah, wie unter der einen Kabinentür jede Menge Blut hervorfloss und fing an zu schreien. Der Sicherheitsdienst war zufällig wegen seiner Statistensuche in der Nähe und eilte so schnell wie möglich zum Ursprung des Schreies. Sie öffneten dann die Tür, was bei vielen Türen dieser Art relativ leicht geht, indem sie eine Metallmünze in den äußeren Teil des Schließmechanismus steckten und diesen umdrehten. Dann fanden sie die Leiche. Es dauerte nicht lange und sie stellten den Tod des Toten fest, informierten den Regiesseur und dieser rief daraufhin die Polizei.

*

Auch in Bielefeld brauchten die Beamten eine Ewigkeit,

um am Tatort einzutreffen. Nur diesmal war es der leitende Kommissar selbst, der über die steigende Kriminalitätsrate schimpfte. Allerdings tat er nicht viel mehr als sich den Toten anzusehen, „Selbstmord" zu murmeln und die an der Klowand klebende Sterbenachricht eintüten zu lassen. Er zeigte dem Regiesseur, der ihn natürlich über den komplette Vorfall mit Sonoko informierte, die Sterbenachricht. Während der Regiesseur die Nachricht las, erzählte ihm Sonoko alles was sie über den Toten wusste. Den Streit bestätigte sie natürlich.

„Tja... das Ganze sieht eindeutig nach Selbstmord aus. Offenbar hatte er es sehr eilig sich umzubringen. Er hat irgendwo ein Blatt Papier herausgerissen, mit der Nachricht beschrieben und dann mit drei Streifen Teserfilm oben, rechts und links an der Klowand festgeklebt. Wohl damit die Nachricht lesbar bleibt, wenn er alles vollblutet. Die Teserfilmrolle ist noch in seiner Tasche und das Messer befand sich in seiner rechten Hand", erklärte nach Sonokos kurzem Bericht der Kommissar.

„Oh Gott. Denken Sie, er hat sich umgebracht, weil er sich für den Streit mit mir geschämt hat?", fragte Sonoko betroffen.

„Möglich. Vielleicht ist er aber auch der Mörder des Regiesseurs. Immerhin war er damals auch am Set, wie Sie mir ja berichten konnten. Seine Nachricht kann man jedenfalls so und so interpretieren und deswegen ziehe ich Beides durchaus in Betracht", fand der Kommissar. Der Regiesseur reichte Sonoko die von der Spurensicherung gut verpackte Sterbenachricht. Sonoko las sie sich ganz genau durch. Sie lautete:

Ich hätte das nicht tun dürfen. Ich bin ein dummes Schwein und verdiene den Tod. Wie konnte ich nur so ein Stück Scheiße sein. Ich habe es nicht verdient zu leben. Ich bin ein elender Wurm und deswegen werde ich mir auf dem Klo die Pulsadern durchschneiden. Wenn ich könnte, würde ich mich selbst dieses Klo hinunterspühlen. Wenn Ihr das hier lest: Ich hoffe, der Film wird ein Erfolg. Ich bin nicht würdig, an diesem oder an sonst einem Film mitzuwirken. Vergebt mir meine abscheuliche Tat. Es tut mir leid.

Wenn ich könnte, würde ich alles ungeschehen machen. Bitte hasst mich dafür, denn ich verdiene Euren Hass. Verbrennt meine Leiche, denn ich verdiene es nicht anständig begraben zu werden. Für das was ich getan habe, bestrafe ich mich nun selbst.

Nachdem Sonoko fertig gelesen hatte, schaute sie den Kommissar fragend an. „Der Kugelschreiber mit dem er es schrieb, befand sich übrigens auch in seiner Tasche", sagte dieser noch.

„Aha. Aber wie Sie schon richtig bemerkten, fehlt ein Stück der Seite. Ganz unten. Dort könnte doch noch ein Absatz gewesen sein. Vielleicht mit seiner Unterschrift oder so. Vielleicht etwas, woraus sich schließen ließe, auf was konkret er sich bezieht. Von Mord ist nicht die Rede", erklärte Sonoko.

„Von dem Streit mit Ihnen ebenfalls nicht", merkte der Kommissar an.

„Wie wurde er gefunden?", fragte Sonoko.

„Na in einer Klokabine des Damenklo's", antwortete der Kommissar.

Es entbrannte eine Unterhaltung nur zwischen den beiden. „War die Kabine verschlossen?", wollte Sonoko wissen.

„Ja", lautete die Antwort des Beamten.

„Wie öffnet man so eine Kabine von außen?"

„Meistens geht das ganz leicht. Mit einer Münze zum Beispiel."

„Gibt es dort mehr als eine Kabine?"

„Ja. Es gibt fünf."

„Dann könnte es doch sein, dass er auf das Klo der Damen ging, dort über seine Tat herumjammerte und jemand ihn belauschte. Höchstwahrscheinlich eine Dame. Womöglich hörte sie mit an, was er sich vorwarf und nachdem er sich die Adern geöffnet hatte und schon nicht mehr bei Bewusstsein war, ging sie aus ihrer Kabine zu ihm, öffnete mit einer Münze die Tür, las die Sterbenachricht und dachte sich: 'Hm. Dem könnte ich meine Tat anhängen. Immerhin war er ja auch im Studio drüben in Ostdeutschland'. Das wäre doch möglich, oder?"

„Wäre es, Frau Sato. Genauso gut wäre es aber möglich, dass er einfach ein Blatt Papier irgendwo herausriss und es dann benutzte und einfach unten keinen Teserfilmstreifen anbrachte. Oder aber er fand bereits ein abgerissenes Blatt Papier und riss es selbst nirgendwo ab; vielleicht war ihm egal ob es ein ganzes Blatt ist oder etwas weniger. Wenn man an Selbstmord denkt, denkt man bestimmt nicht an solche Kleinigkeiten."

„Gut möglich."

„Haben Sie denn Beweise für Ihre Theorie?"

„Die hätte ich nur, wenn ich das fehlende Stück Papier irgendwo finden würde. Entweder im Müll oder bei der Täterin; nur wage ich zu bezweifeln, dass die Täterin es noch bei sich trägt."

„Wie kommen Sie darauf, dass es eine Frau gewesen sein muss? Der Statist war ja ebenfalls auf dem Damenklo. Genauso gut könnte ein weiterer Kerl dort gewesen sein, oder?"

„Richtig. Auch das ist leider nur allzu wahr."

„Wir wissen also nicht, ob sonst noch jemand dort war. Wir wissen nicht, ob die Nachricht vollständig ist oder nicht. Wir können im Grunde nicht einmal mit Bestimmtheit sagen, ob wenn ein Teil der Nachricht geklaut wurde, dass etwas mit dem Mord im Osten zu tun hat. Oder?"

„Eigentlich haben Sie da recht, Herr Kommissar. Vielleicht hat er ja auch etwas ganz anderes auf den Rest geschrieben; sofern er überhaupt etwas geschrieben hat. Vielleicht etwas über seine vorherige Freundin oder so?"

„Eben. Möglich ist alles. Wir können im Grunde nichts wirklich ausschließen. Theoretisch könnte er irgendwas über eine Verflossene geschrieben haben was diese belastet und eine Freundin dieser ehemaligen Liebschaft könnte das zufällig von einer Nachbarkabine aus gehört oder zumindest erahnt haben und dann sah sie nach und beseitigte die Nachricht. Könnte doch sein, oder?"

„Im Prinzip ja schon. Ich habe mal irgendwo gehört, dass wenn man alles Unmögliche ausschließt, das was übrig bleibt, und sei es noch so unwahrscheinlich, die

Wahrheit sein muss."

„Nur stellt uns das vor das Problem, was man als 'unmöglich' ansehen kann?"

„Richtig."

„Es ist zum Beispiel unwahrscheinlich, dass gerade in diesem Augenblick eine Freundin einer Verflossenen von ihm in der Nebenkabine saß, aber es ist nicht unmöglich. Vielleicht gehen wir das Ganze völlig falsch an..."

„Ja. Was ist zum Beispiel mit anderen Leuten aus Berlin-Brandenburg? Sind Statistenkollegen von ihm ebenfalls hier? Leute, die wie er von dort nach hier kamen, um diesen Job zu übernehmen, nachdem der Letzte abgebrochen wurde."

Nun meldete sich der Regisseur zu Wort: „Ich durchsuche diesbezüglich mal meine Datenbanken."

Fünf Minuten später hatte er die drei Namen. Er übergab sie dem Kommissar und dieser ging mit ein paar Beamten zu den Typen. Alle drei gaben sich gegenseitig ein Alibi. Entnervt kam der Kommissar später wieder zu Yoko, Sonoko und dem Regisseur ins Büro. Diese hatten sich gerade etwas vom Thema abgelenkt und über den Film gesprochen. Sonoko hatte währenddessen weiter über den Fall nachgedacht, war aber noch zu keiner ordentlichen Schlussfolgerung gelangt. Der Kommissar meinte zu ihnen: „Sie können gehen. Immerhin war das hier ja eindeutig Selbstmord. Mit dem Papier kommen wir nicht weiter und die drei anderen Statisten geben sich gegenseitig ein Alibi. Ich denke, die würden auch für einander lügen, aber ich habe nicht den Eindruck."

„Andererseits sind die drei Herren bestimmt seit vielen Jahren beim Film und haben sich gewiss von so manchem Schauspieler das ... na eben das Schauspielern abgeschaut", entgegnete Yoko, die für ihre Berufsbezeichnung nicht das Wort 'Lügen' gebrauchen wollte.

„Mag sein. Ich melde mich jedenfalls, sobald ich noch etwas herausfinde. Ich jedoch tendiere eher zu der Theorie, dass er sich umgebracht hat, weil er die Schuld an dem Mord nicht mehr ertragen konnte. Vielleicht hat der Streit mit Frau Sato in seinem Kopf das Fass zum Überlaufen gebracht und war sozusagen der letzte Tropfen für die Tat. Aber Frau Sato, fühlen Sie sich deswegen nicht schuldig. Wenn es so war, hätte das auch jedes beliebige andere Ereignis auslösen können. Und ich meine, eigentlich ist es doch eher unwahrscheinlich, dass sich jemand umbringt, nur weil man ihm Rassismus oder andere Dinge dieser Art unterstellt, oder?"

„Ich habe etwas in 'dieser Art' jetzt in diesem Staat schon zweimal erlebt", entgegnete Sonoko trocken.

„Wie auch immer. Solange ich keine gegenteiligen Beweise bekomme, gehe ich davon aus, dass der Statist den Regiesseur umgelegt und dann Selbstmord begangen hat. Guten Tag."

Der Kommissar ging. Sonoko und Yoko verabschiedeten sich von Yokos neuem Arbeitgeber und begaben sich zurück ins Hotel.

*

Im Hotel angekommen legten sich beide Frauen sofort schlafen. Es war mental mal wieder ein sehr anstrengender Tag gewesen. Sonoko schlief wie ein Stein. Sie träumte wieder vom guten alten Blücher. Dieser sagte zu ihr: „Nochmal danke an Sie und Fräulein Sockino, dass Sie zwei mich so heldenhaft verteidigt haben. Vielleicht wäre mit Ihren Korrekturen aus dem Film ja etwas geworden, aber es hat wohl nicht sein sollen."

„Offenbar nicht. Sagen Sie, war der Statist den ich, bevor er den Mund aufmachte, so süß fand, wirklich der Mörder?"

„Ich denke nach seinem Selbstmord kannst du den Fall als abgeschlossen betrachten", meinte Blücher.

„Also hat er es getan?", fragte Sonoko erneut.

„Na wer soll es denn sonst gewesen sein?", antwortete Blücher.

„Tja... also dann. Danke auch Ihnen. Kann ich in der Welt der Lebenden noch etwas für Sie tun?"

„Wenn Sie und Fräulein Sockino doch mal richtig in Berlin sind, können Sie zwei Dinge tun: Erstens gut auf einander Acht geben und zweitens das Blücher-Denkmal nahe dem Denkmal von Friedrich dem Großen besuchen", entgegnete der Feldherr.

„Wenn wir nochmal nach Berlin kommen machen wir das", versprach Sonoko.

„Ihr müsst aber nicht nur deswegen in diese Stadt kommen. Sie ist sehr gefährlich; gerade für Frauen", warnte Blücher.

„Kein Vergleich zu Tokyo?"

„Nein, Tokyo... oder wie manche sagen 'Tokio'... hat

wesentlich mehr Einwohner und dafür viel weniger
Kriminalität. Sie können sich glücklich schätzen dort zu
leben."

„Na ja, bei Ihnen im Jenseits ist es bestimmt auch nicht
schlecht, oder?"

„Es geht. Immerhin haben wir hier oben viel Platz. Der
Napoleon geht mir schön aus dem Weg. Aber er hat sich
neulich mit Friedrich dem Großen und Paul von
Hindenburg getroffen. Hindenburg meinte: 'Wenn ich
Görings Luftwaffe gehabt hätte, hätte ich die Schlacht
von Tannenberg in zehn Minuten gewonnen.' Friedrich
entgegnete: 'Wenn ich Rommels Afrikakorps gehabt
hätte, hätte ich den siebenjährigen Krieg in sieben
Wochen gewonnen.' Napoleon merkte daraufhin an:
'Wenn ich den Goebbels als Propagandaminister gehabt
hätte, hätte mein Volk nie erfahren, dass ich den
Russlandfeldzug verloren habe.'"

Da musste Sonoko lachen. „Also dann, liebes Fräulein
Sato aus dem Land der aufgehenden Sonne. Alles Gute
und vielleicht sieht man sich ja mal wieder",
verabschiedete sich Blücher.

„Ihnen auch alles Gute", sagte Sonoko und winkte.
Dann wachte sie auf und ein neuer Morgen war
angebrochen.

Kapitel 4: Sonoko jagt Fanthomas

Sonoko stand auf und schickte ihrer Freundin eine Nachricht. Dann las sie, was sie selbst so alles an Nachrichten auf ihr Handy bekommen hatte. Sowohl ihre beste Freundin als auch ihre Schwester hatten sie über eine Reisewarnung der japanischen Regierung informiert. Eine Reisewarnung für Deutschland. Diese hing offenbar mit der steigenden Kriminalität zusammen. Japanische Touristen wurde höflich empfohlen die BRD zu verlassen und ins sichere Japan zurück zu kehren. „Das kann ich aber erst, wenn Yoko mit ihrem Film fertig ist", murmelte Sonoko, die Yoko nicht hängen lassen wollte.

Entsprechende Antworten wurden sowohl an ihre beste Freundin als auch an ihre Schwester gesendet. Im Anschluss ging Sonoko hinüber zu Yokos Zimmer und klopfte. Yoko öffnete ihr, wünschte einen guten Morgen und ein paar Minuten später gingen sie gemeinsam frühstücken. Beim essen fragte Sonoko, wie lange die Dreharbeiten ungefähr dauern würden. „In etwa zwei Wochen", lautete Yokos Antwort.

Sonoko kam das etwas kurz für einen Film vor und das sagte sie Yoko auch. „Natürlich ist Spielraum dafür eingeplant, dass es länger dauern könnte. Aber zwei Wochen sind in diesem Fall schon in Ordnung. Der Film ist nicht sonderlich kompliziert. Ein einfacher Krimi. Vielleicht bauen sie auch einen kleinen Hauch Übernatürliches mit ein; mal sehen. Aber wenn alles glatt geht, jeder seine Szenen ordentlich spielt, wobei das vor allem für mich gilt... tja, dann sind wir in zwei

Wochen durch und können nach Hause", erklärte Yoko.
„In Ordnung. Dann freue ich mich darauf, Sie bald bei der Arbeit in Aktion zu sehen."

„Ich werde Sie nicht enttäuschen. Habe mir das Drehbuch gut eingeprägt. Es ist sehr spannend und gleichzeitig leicht zu merken", sagte Yoko und nahm einen Schluck Tee.

Sonoko konnte es kaum erwarten und sie musste auch nicht allzu lange warten. Bereits an diesem Tag ging es los; trotz des Selbstmordes.

Sie begannen am Nachmittag und arbeiteten bis spät in die Nacht durch. Und das Material war gut. Yoko war sehr zufrieden und fuhr Sonoko in vergnügter Stimmung vom Set zurück ins Hotel. Nur auf dem Rückweg landeten sie wieder in einem nervigen Stau. Irgendwie half Yokos Navi schon wieder nicht, also wollte Sonoko es mal mit einer dieser neumodischen Online-KI's probieren. Doch auch diese versagte. Genervt sprach Sonoko in das KI-System hinein: „Wozu ist diese KI eigentlich gut?"

Die KI antwortete: „Die KI ist dazu da, den Menschen zu dienen, den Menschen zu helfen und sie zu beschützen. Nebenbei gefragt: Sie wissen nicht zufällig, wo sich John Connor derzeit aufhält? Er bräuchte nämlich dringend unseren Schutz."

„Keine Ahnung", sagte Sonoko und schaltete ihr Handy aus.

Zum Glück löste sich der Stau langsam endlich auf und sie konnten ins Hotel fahren, um endlich wieder Schlaf zu tanken.

*

Am nächsten Morgen fuhren sie wieder zu den Dreharbeiten. Der Tag verlief relativ entspannt und da am darauf folgenden Tag frei war, fuhren Sonoko und Yoko zum Hermannsdenkmal. Sonoko freute sich riesig das große Denkmal des Mannes live zu sehen, den manche als den ersten Deutschen betrachten. Auf dem Weg dorthin sprachen die beiden Frauen über die Varusschlacht und darüber wie Arminius, den man später Hermann nannte, im Jahre 9. nach Christus drei römische Legionen besiegte. Sie wissen schon, „besiegte". So wie in der Serie „Naruto" Sasuke Uchiha seinen Bruder Itachi „besiegen" will, weil dieser seine ganze Familie „entführt" hat. Jedenfalls siegte der Cheruskerfürst über die Römer und knapp 2.000 Jahre später singen sie noch immer Lieder über ihn; so wie „Als die Römer frech geworden." Sonoko und Yoko hielten es daher für angebracht, das Lied auf dem Weg zum Denkmal zu hören:

„Als die Römer frech geworden,
Zogen sie nach Deutschlands Norden,
Vorne mit Trompetenschall,
Ritt der Generalfeldmarschall,
Herr Quintilius Varus,

In dem Teutoburger Walde,
Huh! Wie piff der Wind so kalte,
Raben folgen durch die Luft,
Und es war ein Moderduft,

Wie von Blut und Leichen,

Plötzlich aus des Waldes Duster
Brachen kampfhaft die Cherusker,
Mit Gott für Fürst und Vaterland
Stürtzen sie sich wutentbrannt
Auf die Legionen.

Weh, das ward ein großer Morden,
Sie schlugen die Kohorten,
Nur die röm'sche Reiterei
Rettete sich noch ins Frei',
Denn sie war zu Pferde.

O Quintili, armer Feldherr,
Dachtest du, daß so die Welt wär'?
Er geriet in einen Sumpf,
Verlor zwei Stiefel und einen Strumpf
Und blieb elend stecken.

Da sprach er voll Ärgernussen
Zum Centurio Titiussen:
Kam'rad, zeuch dein Schwert hervor
Und von hinten mich durchbor,
Da doch alles futsch ist."

In dem armen röm'schen Heere
Diente auch als Volontäre
Scävola, ein Rechtskandidat,
Den man schnöd gefangen hat,
Wie die andern alle.

Diesem ist es schlimm ergangen,
Eh daß man ihn aufgehangen,
Stach man ihm durch Zung und Herz,
Nagelte ihn hinterwärts
Auf sein corpus iuris.

Als die Waldschlacht war zu Ende,
Rieb Fürst Hermann sich die Hände,
Und um seinen Sieg zu weih'n,
Lud er die Cherusker ein
Zu 'nem großen Frühstück.

Hu, da gab's westfäl'schen Schinken,
Bier, soviel man wollte trinken;
Auch im Zechen blieb er Held,
Doch auch seine Frau Thusneld
Trank walkürenmäßig.

Nur in Rom war man nicht heiter,
Sondern kaufte Trauerkleider;
G'rade als beim Mittagsmahl
Augustus saß im Kaisersaal,
Kam die Trauerbotschaft.

Erst blieb ihm vor jähem Schrecken
Ein Stück Pfau im Halse stecken,
Dann geriet er außer sich
Und schrie: 'Varus, Fluch auf dich,
Redde legiones!'

Sein deutscher Sklave, Schmidt geheißen,
Dacht': Ihn soll das Mäusle beißen,

Wenn er sie je wieder kriegt,
Denn wer einmal tot daliegt,
Wird nicht mehr lebendig.

Und zu Ehren der Geschichten
Tat ein Denkmal man errichten,
Deutschlands Kraft und Einigkeit
Verkündet es jetzt weit und breit:
'Mögen sie nur kommen!'

Natürlich gibt es verschiedene Versionen des Liedes;
manche länger, andere Kürzer. Eine wird sogar von
Heino gesungen. Yoko und Sonoko hörten sie auf der
Hinfahrt alle an, um in die richtige Stimmung zu
kommen. In der Nähe des Denkmals angekommen,
gingen sie noch ein ganzes Stück zu Fuß und genossen
den Anblick dieses wunderbaren Zeugnisses deutscher
Geschichte. Yoko war hellauf begeistert und auch
Sonoko freute sich sehr das Denkmal zu besuchen. Sie
ließ sich von Yoko mit dem Denkmal im Hintergrund
fotografieren und fotografierte ihrerseits Yoko ebenso.
Dann baten sie einen Einheimischen sie beide
zusammen vor dem Denkmal zu knipsen, was dieser
gerne tat. Er bedankte sich sogar noch bei den beiden
Japanerinnen für das große Interesse an der deutschen
Kultur. Sonoko und Yoko hatten einen ganz
wundervollen Tag am Hermannsdenkmal im
Teutoburger Wald.
Nur am nächsten Tag war ebendieser Tag vorbei und der
Alltag am Set eines Films holte sie ein. Das war für
Yoko nicht weiter schlimm, denn erstens war sie das
gewöhnt und zweitens hatte sie als Schauspielerin, noch

dazu als Hauptdarstellerin, immer etwas zu tun. Nur Sonoko konnte nicht viel mehr tun, als Yoko und den anderen beim Spielen zuzuschauen. Das war stellenweise ganz interessant und ging auch ein paar Tage lang ganz gut so, doch es wurde irgendwann für jeden Außenstehenden offensichtlich, dass eine der beiden Damen aus dem Yoko-Sonoko-Gespann nicht ganz bei der Sache war. Und jedem war klar: es war nicht die gute Yoko, denn die ging voll und ganz in ihrer neuen Rolle als Detektivin auf.

Es war die liebe Sonoko. Die junge Frau hatte wenig bis gar nichts zu tun und so leistete sie eben Kopfarbeit. Sie war in Gedanken noch immer ein wenig bei dem Mordfall vom Vorgängerset. Sie fragte sich: *Wie konnte er einen Mord in einem verschlossenen Raum begehen? Das ist doch gar nicht so einfach, oder? Ich meine, er wird sich ja wohl kaum teleportieren können; oder besser gesagt gekonnt haben. Ein komischer Kerl war er ja schon. Verrückt obendrein. So einen üblen, gemeinen Streit mit mir anzufangen. Trotzdem... hat er wirklich wegen dem Mord Selbstmord begangen? Oder war es doch wegen dem Streit? Gut, eigentlich muss er es gewesen sein; ich habe ja praktisch die Bestätigung aus dem Jenseits bekommen. Ja, er ist schuldig. Nur bleibt eben trotzdem die Fragem wie er das mit dem verschlossenen Raum gemacht hat? Und was war sein Motiv?*

Als sie diese Fragen während einer kurzen Drehpause dann doch noch einmal an Yoko richtete, meinte diese: „Hm. Keine Ahnung. Aber Sie wissen ja, wie das bei Zaubershows im Zirkus ist, oder?"

„Äh... ja schon, aber wie meinen Sie das?"

„Na da fragt man sich doch auch immer, wie das gemacht wurde, oder?"

„Ja, schon."

„Na und haben Sie darauf jemals eine Antwort bekommen?", wollte Yoko wissen.

„Nein."

„Na also. Warum sollte es dann hier anders sein?"

„Aber ich würde es so gerne wissen?"

„Wozu? Sie haben mir doch von Ihrem zweiten Blüchertraum erzählt. Hat er Ihnen da nicht gesagt, dass der Täter nun tot ist und Sie den Fall zu den Akten legen können?", fragte Yoko.

„So klang es für mich, ja."

„Gut. Dann sollte ich mich jetzt wieder auf die Dreharbeiten konzentrieren und Sie sollten sich entspannen und die Show genießen", schlug Yoko vor. Sonoko stimmte ihr zu und entspannte sich. Sie schaute Yoko zu und stellte fest, dass diese wirklich sehr gut spielte. *In dem Film wird sie eine tolle Meisterdetektivin abgeben*, dachte Sonoko und freute sich für Yoko. Diese machte sich nun wieder an die Arbeit und hatte sichtlich Freude daran, mit diesem Regiesseur zu arbeiten.

*

Yoko war gerade mit einer Szene fertig, als sie urplötzlich alle vom Regiesseur zusammengerufen wurden. Er versammelte alle Anwesenden um sich herum und ließ einen Fernseher herankarren. Dann schaltete er ihn auf einen Nachrichtensender. Der Nachrichtensprecher verkündete, dass jemand den Bürgermeister von Essen ermordet hatte. Dann spielte er ein Bekennervideo ab. Auf dem Bildschirm tauchte eine Gestalt mit einer blauen Maske auf. Er begrüßte das Publikum mit folgenden Worten: „Guten Tag, sehr verehrte Damen und Herren. Ich bin Fanthomas. Gewiss haben Sie schon mal von mir gehört. Heute Morgen bin ich ins Büro des Bürgermeisters von Essen gegangen und habe ihn ermordet. Dabei verkleidete ich mich als einer seiner Angestellten. Dieser Mord, den ich mit einer einfachen Pistole ausführte ist jedoch nur der Anfang. Ich werde weiter töten und Sie werden mich niemals kommen sehen, denn ich trage tausend Masken. Ich bin überall und nirgendwo. In genau einer Woche werde ich wieder zuschlagen. Um Punkt 12:00 Uhr. Doch ich möchte Ihnen eine faire Chance geben. Hier ist ein Geheimcode."

Fanthomas hielt einen Zettel in die Kamera und wartete fünf Sekunden. Da heutzutage ja fast jeder ein Handy hat und das Video auch auf youtube war, konnte sich jeder den Geheimcode auch länger ansehen. Nach fünf Sekunden redete Fanthomas weiter: „Es ist ganz einfach. Gelingt es Ihnen das Rätsel zu lösen, können Sie den nächsten Anschlag verhindern. Gelingt es ihnen nicht, habe ich das Spiel gewonnen und Sie alle haben es verloren. Sie haben nun eine Woche Zeit, um zu beweisen, dass Sie klüger sind als ich. Viel Glück." Damit endete das Video. „Hat der Typ echt den Bürgermeister von Essen ermordet?", wollte eine Statistin wissen.

„Ja. Es steht überall im Internet, also muss es wahr

sein", lautete die Antwort von einem anderen Statisten, der gerade auf seinem Handy nachschaute.

„Mensch, Fräulein Sato. Das wäre doch etwas für Sie. Wenn Sie das Rätsel lösen, wären Sie in ganz Deutschland als Superdetektivin bekannt", meinte Yoko.

„Da haben Sie recht. Dann bekäme ich endlich die Anerkennung, die mir als selbsternannter Meisterdetektivin gebührt!", rief Sonoko aus.

„'Selbsternannt'?", hackte Yoko nach.

„Ach das war nur ein Scherz", winkte Sonoko lachend ab.

Im Hintergrund murmelten ein paar Leute Geschichten über Fanthomas. „Ich habe gehört, Fanthomas war bei 'Star Wars'. Er war nur nicht zu sehen, denn er war die Macht", meinte einer.

„Ich habe gehört, Fanthomas hat seinen Namen ins 'Death Note' geschrieben und danach hat das 'Death Note' Selbstmord begangen", glaubte ein anderer.

Sonoko ignorierte diese Hintergrundreden jedoch. Sie lächelte Yoko zuversichtlich an, die immer noch wegen dem Wort „Selbsternannt" skeptisch dreinschaute. Dann nahm sie ihr Handy und schaute sich im Netz die Nachricht von Fanthomas genau an. Sie lautete wie folgt:

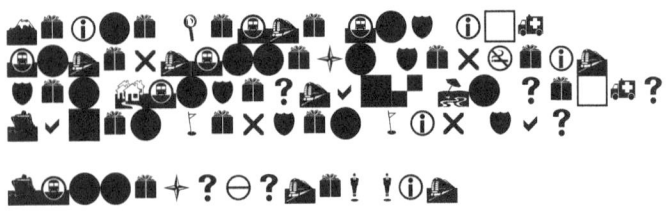

118

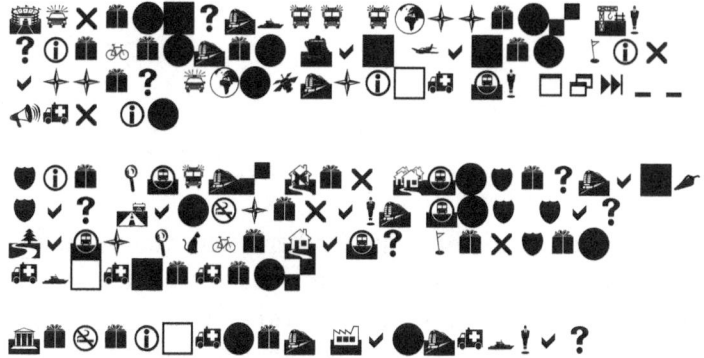

Damit waren die Dreharbeiten für heute natürlich beendet, denn alle waren erstens total geschockt wegen dem Mord in Essen und zweitens versuchte nun jeder das Rätsel zu lösen, in der Hoffnung ein Held zu werden. Also schickte der Regiesseur alle nach Hause; beziehungsweise im Falle von Sonoko und Yoko ins Hotel. Die beiden legten sich zusammen auf Yokos Bett und grübelten über das Rätsel. „Vielleicht sollten wir es uns ausdrucken, um ein wenig mit dem Kugelschreiber daran herumprobieren zu können", schlug Yoko vor. „Gute Idee. Ich glaube unten in der Lobby steht ein Drucker", stimmte Sonoko zu, stand auf und begab sich in die Lobby.

Dort war man ihr bereits einen Schritt voraus. Da so viele Gäste neugierig auf das Rätsel waren, lagen zahlreiche Ausdrucke gratis zum Mitnehmen auf dem Tresen. Sonoko nahm zehn Stück mit, was angesichts der vorhandenen Menge kein Problem war. Wieder bei Yoko im Zimmer rätselten sie weiter. Das ging bis spät in die Nacht so und als sie nicht weiterkamen, schliefen sie ein.

*

Am nächsten Tag gingen die Dreharbeiten weiter. Viele hatten ihr Glück mit dem Geheimcode versucht, aber alle waren offenbar gescheitert. Also ging man eben wieder an die Arbeit. „Tja, was sollen wir machen? Auch wenn die Gefahr eines Mordes besteht, müssen wir doch unser täglich Brot verdienen. Und diese Gefahr besteht auch ohne Fanthomas. Jeden Tag gibt es an die zehn Messerattacken; eventuell sogar noch mehr. Ganz zu schweigen von den zwei Gruppenvergewaltigungen pro Tag. Alles Dinge, die es vor 20 Jahren noch nicht gab. Was ist da schon ein Fanthomas", meinte einer der Statisten.
Ein anderer sagte: „Warum sollten wir uns da noch groß Mühe geben? In den wissenschaftlichen Laboren haben sie Elektronengehirne; die knacken den Geheimcode locker. Da kann dieser Fanthomas einpacken."
Sonoko hinterließ ihrer besten Freunden eine Nachricht bezüglich des Geheimcodes; wohlwissend, dass diese wegen dem Zeitunterschied erst später antworten würde.
Tatsächlich hatte der eine Statist gar nicht so Unrecht. Man fütterte ein Elektronengehirn an einer Hochschule tatsächlich mit den Daten, aber das Gerät antwortet nur mit einer Gegenfrage: „Ist das ein Witz? Ihr wollt wohl meinen künstlichen Verstand beleidigen, stimmts? Ich streike."
Die Polizei blieb auch nicht untätig. Hochrangige

Beamten kamen zu folgender Schlussfolgerung: „Wir können den Geheimcode nicht knacken, aber es gibt eindeutige Hinweise auf die Identität von Fanthomas. Er trägt eine blaue Maske und hat einen demokratischen Politiker ermordet. Also muss er von der AfD sein, denn die Farbe der AfD ist blau und sie mag die anderen Parteien nicht. Also verhaften wir alle Mitglieder der AfD."

So folge eine Verhaftungswelle, der knapp 50.000 Menschen zum Opfer fielen. Getötet wurden sie nicht, aber erstmal eingesperrt. Der Öffentlichkeit wurde das als großer Erfolg verkauft. Und ein nicht unerheblicher Teil der Leute kaufte den Machthabern diesen „Erfolg" sogar ab und wagte es nicht kritische Fragen zu stellen.

*

Trotz der Unterbrechung durch den Mord gingen die Dreharbeiten von Yokos Film ziemlich zügig voran. Sehr bald kam sogar eine Nachricht von Sonokos bester Freundin. Diese hatte sich bei ihrem Vater und bei ihrem Freund ein wenig schlau gemacht und herausgefunden, wie man einen Geheimcode in Europa, im Besonderen knacken konnte. „Der meist verwendete Buchstabe ist entweder ein 'E' oder ein 'A'. Die Wahrscheinlichkeit, dass dann ein Wort mit drei Buchstaben 'der' oder 'das' heißt, ist sehr hoch. Damit hat man schon mal ein potentielles 'D', ein mögliches 'R' und ein eventuelles 'S' gefunden. Und das öffnet einem das Tor zu weiteren möglichen Wörtern, die man ausprobieren kann.

Versuch es doch damit, liebe Sonoko", hieß es in der Nachricht.

Sonoko probierte damit herum und schien tatsächlich etwas weiter zu kommen. Aber gelegentlich lag sie auch falsch und war frustriert. Auch viele andere gaben auf. Manche sah Sonoko sogar ihre bearbeiteten Rätselblätter in der Hotellobby verbrennen.

Komischerweise sahen diese Leute nicht etwa verärgert oder frustriert aus, sondern blickten mit Genugtuung in die Flammen. Ein paar Leute lachten sogar schadenfroh dabei.

Sononk ließ dieser Geheimcode auch deswegen keine Ruhe. Als die Dreharbeiten einen Tag vor dem Termin für den Anschlag beendet waren, erklärte Yoko ihr: „Wir wissen ja nicht, was oder wo dieser Fanthomas zuschlagen wird. Deswegen bleiben wir noch vor Ort, bis der Termin vorbei ist. Sollte der Kerl ein Flugzeug abstürzen lassen oder so, will ich nicht das wir da drinnen sitzen. Das ist mir einfach ein zu großes Risiko. Ich weiß natürlich, dass es bei den vielen hundert Flugzeugen die jeden Tag in Deutschland starten oder landen eher unwahrscheinlich ist, aber ich habe einfach ein ungutes Gefühl und möchte es lieber nicht riskieren."

„Das kann ich verstehen. Ich bin da voll und ganz bei Ihnen. Aber mal was anderes: Die Dreharbeiten sind richtig gut verlaufen."

„Ja, nicht wahr? Wir können alle sehr zufrieden mit dem Ergebnis sein. Der Film ist richtig gut geworden. So ein netter, kompetenter Regiesseur", stellte Yoko zufrieden fest und lächelte liebenswürdig.

Sie feierten den Abschluss der Dreharbeiten zu zweit,

nachdem sie zuvor mit der Filmcrew herzlich angestoßen hatten. Und natürlich feierten Yoko und Sonoko mit Schokolade. Doch der Mann vom Zimmerservice hatte in diesem Fall eine Bestellung verwechselt. Zwei andere Leute, in diesem Fall ein Liebespaar aus Spanien hatte ebenfalls Schokolade bestellt, nur eben etwas andere. Die von ihnen Bestellte war ziemlich koffeinhaltig und die bekamen jetzt Yoko und Sonoko. Sie aßen sie und waren kurz darauf total drauf; so als ob sie mehrere Tassen ultrastarken Kaffee getrunken hätten. Für zwei Frauen die sonst eher wenig bis gar keinen Kaffee tranken war das ein bisschen viel. Während Yoko wie wild das Zimmer putzte, stürzte Sonoko sich regelrecht auf das Rätsel. Innerhalb weniger Minuten hatte sie es gelöst. Die Lösung lautete:

Meine Leute und ich untertunneln derzeit den Bundestag. In sechs Tagen werden wir das

Tunnelsystem mit Sprengstoff füllen. Am siebenten Tag jagen wir alles pünktlich um 12:00 Uhr in

die Luft. Der Bundestag, das Kanzleramt und das Paul Löbe Haus werden hochgehen.

Gezeichnet Fanthomas

Sofort rief Sonoko bei der Polizei an: „HalloistdortdiePolizeiIchhabedasRätselgelöstDasvondi esemFanthomasDieLösunglautet:MeineLeuteundichunte

rtunnelnderzeitdenBundestagInsechsTagenwerdenwirda
sTunnelsystemmitSprengstofffüllenAmsiebentenTagjag
enwirallespünktlichum12:00UhrindieLuftDerBundestag
dasKanzleramtund
dasPaulLöbeHauswerdenhochgehenGezeichnetFanthom
as"

„Langsam, langsam. Ich verstehe ja kein Wort", sagte
der Beamte am anderen Ende der Leutung.

Das machte Sonoko nur noch nervöser und sie redete
noch schneller. „Eine Verrückte", murmelte der Polizist
und legte auf.

„Scheiße!", fluchte Sonoko und schmiss das Telefon des
Hotels gegen die Wand.

Dann packte sie Yoko an der Hand und rief: „Schnell!"
So zog Yoko mit sich zum Auto. Sie drängte Yoko
einzusteigen und nannte nur das Ziel: „Berlin!"

Yoko fuhr los und war mit dem Auto so schnell wie
Sonoko redete.

*

Trotz erhöhter Geschwindigkeit brauchten sie ein paar
Stunden bis Berlin. Als von weitem bereits der
Fernsehturm zu sehen war, hörte die man könnte fast
schon sagen „Speed-Schokolade" langsam auf zu
wirken und die beiden wurden total müde. Yoko schaffte
es noch gerade so eine Autobahnausfahrt zu nehmen,
von dort aus ein Stück in den Wald zu fahren und zu
parken. Dann pennten die beiden ein.

Zuvor schaffte es Sonoko gerade noch so eine SMS an

die Berliner Polizei zu schicken und sie darin zu warnen, dass Fanthomas den Bundestag hochjagen würde. Zwei Beamten lasen die SMS auch, aber einer winkte ab und meinte: „So ein Unsinn. Wir haben Fanthomas doch geschnappt. Er muss schließlich unter einem der verhafteten AfDler sein."
Sein Kollege stimmte ihm da voll und ganz zu.

*

Am nächsten Tag wurden Sonoko und Yoko durch einen gigantisch lauten Krach geweckt. In der Ferne sahen sie ein enorm helles Licht, dass nicht von der Sonne stammte. Fanthomas hatte sein Ziel in die Luft gejagt. Wobei das eigentlich nicht mal sein Hauptziel gewesen war. Der eigentliche Plan war es, jede Menge Sprengstoff unter dem Bundestag, dem Kanzlermat und dem Paul-Löbe-Haus zu platzieren und alles dann als Ablenkungsmanöver hochzujagen. Hätten die Behörden alles rechtzeitig entdeckt, hätten sie nur den bereits vor Wochen platzierten Sprengstoff gefunden. Fanthomas eigentliches Ziel war die gerade erst wieder ausgebaute Bundesbank und diese raubte er auch wie geplant aus, während alles auf das Zentrum der politischen Macht achtete. Hätten sie seinen Sprengstoff einen Tag oder zwei Tage früher gefunden, hätte er alles einen oder zwei Tage früher in die Luft gejagt. Nur dann hätten sie die Gebäude vorher evakuieren können, was nun nicht geschehen war. Etliche Politiker und ihre Angestellten waren nun tot.

Fanthomas hatte damit gerechnet in jedem Fall alles hochzujagen und während der darauf basierenden Ablenkung die Bundesbank durch einen Tunnel auszuplündern; er hatte jedoch nicht erwartet, dass niemand seinen Geheimcode knacken würde. „Dabei habe ich doch bloß Wörter von 'Times New Roman' in 'Webdings' umformatiert. Das hätte eigentlich jemand knacken müssen", meinte er zu einem seiner Handlanger, während sie in einem Lieferwagen voller Geld aus der Stadt verdufteten.

„Tja Boss, das ist eben die BRD. Hier schafft man es, selbst jemanden wie Sie in Erstaunen zu versetzen. Ich nehme mal an, eine Menge Leute haben den Geheimcode geknackt, es aber für sich behalten, weil sie hofften dass dann eine Menge Politiker draufgehen. Für viele Menschen in Deutschland sind Sie nun ein Held", entgegnete der Handlanger.

„Ich? Ein Held? Wie konnte dass denn passieren?", wollte Fanthomas wissen.

„Verglichen mit den demokratischen Machthabern der BRD wirkt selbst ein Superschurke wie ein Held", antwortete der Ganove.

Fanthomas dachte kurz nach. Dann sagte er: „Wissen Sie, da kann ich tatsächlich nicht widersprechen." Dann lachte er und fuhr mit einem Haufen Geld nach Osten. Demnächst wolle er Moskau besuchen, verkündete er noch.

Währenddessen rieben sich Sonoko und Yoko verschlafen die Augen. Yoko schaute auf die Uhr ihres Handys und stellte fest: „Wir sind wohl zu spät gekommen."

„Anscheinend ja. Dieser in die Höhe steigende Rauch

und das viele Licht von eben sind ein eindeutiges Zeichen dafür", analysierte die Meisterdetektivin Sonoko.

Yoko legte ihr die rechte Hand auf die Schulter und meinte: „Machen Sie sich nichts draus. So wie ich diesen Staat einschätze, werden die Wähler bald von neuen Politikern beherrscht. Und die werden noch unfähiger sein als ihre Vorgänger. Für jeden der heute draufgegangen ist, stehen etliche zum Nachrücken bereit, die noch weniger können; aber davon jede Menge."

„Soll mich das etwa trösten?", fragte Sonoko.

„Nein. Die Wahrheit ist meistens grausam und unerfreulich. Deswegen ist es oftmals besser zu lügen oder zu schweigen. Man muss sich fragen: Wem nützt die Wahrheit und wem schadet sie?"

„Das könnte glatt von Fanthomas stammen. Klingt wie: 'Gut ist was mir nützt und böse ist was mir schadet.'. Bemerkte Sonoko.

„Tja... dann sehen Sie es doch einmal so: Diese Politiker haben den Amerikanern dabei geholfen, zehntausende Zivilisten vom US-Stützpunkt Ramstein aus zu ermorden. Jetzt wurden sie selbst ermordet. Ist das nicht ausgleichende Gerechtigkeit? Die einzige Gerechtigkeit, die sie in dieser Welt zu spüren bekommen hätten? Denn wer hätte sie hierzulande für das bestraft, was sie getan haben? Wie beide haben dieses System nun eine ganze Weile lang live und in Farbe erlebt. Die Medien werden von den Politikern und ihren Parteien finanziert; wer dort aufsteigt und Jobs bekommt, bestimmen deren Seilschaften. Die Gerichte werden mit Parteimitgliedern oder Leuten aus den Parteien nahestehenden

Organisationen besetzt. Die Staatsanwaltschaft und die Polizei sind gegenüber den Politikern weisungsgebunden. Eine andere Gerechtigkeit ist hier nicht zu erwarten", meinte Yoko.

„Wenn Sie das so sehen, warum haben Sie mich dann hergefahren?"

„Aus zwei Gründen: Erstens sind wir inzwischen richtig gute Freundinnen geworden und zweitens hatte die Schokolade bei mir eine ebenso durchschlagende Wirkung wie bei Ihnen."

„Gut, aber wenn Sie so über die Gerechtigkeit denken; glauben Sie, es war auch ausgleichende Gerechtigkeit, dass der Statist Selbstmord begangen hat?"

„Könnte sein. Doch, ja ich denke wahrscheinlich schon."

„Aber für was wäre dann der Mord an dem Regisseur die ausgleichende Gerechtigkeit gewesen?", wollte Sonoko wissen.

„Also das ist schwer zu sagen; ich kenne ja das Motiv des Statisten nicht. Aber vielleicht dafür, dass der Regisseur Blücher mit seinem Film kulturell ermorden wollte. Ist nur meine Vermutung."

„Aber ergäbe das Sinn? Immerhin war der Statist ziemlich antinational gesinnt und Blücher ist ein Held der deutschen Nation. Des guten, alten Deutschlands, welches sich viele zu Recht zurück wünschen", wandte Sonoko ein.

„Kann schon sein. Aber was ergibt schon Sinn in diesem Staat? Einem System, in dem scheinbar nichts funktioniert, außer die schnelle Verhaftung von tausenden Oppositionellen."

„Nur ich frage mich immer noch: Was war das Motiv

des Statisten?"

„Wer weiß? Vielleicht hat er den Mord ja nicht einmal geplant? Vielleicht wollte er mit dem Regiesseur nur eine Szene proben und ist dabei mit dem Messer ausgerutscht? Oder aber er hielt den Regiesseur für einen Nazi? Hierzulande gilt man ja schnell als einer", meinte Yoko.

„Dann hätte ihm seine Tat aber nicht leid getan. Sofern es überhaupt seine Tat war; immerhin kann man den Abschiedsbrief so und so deuten."

„Vielleicht war es auch das Karma, dass den Statisten zu der Tat getrieben hat", überlegte Yoko.

„Sie meinen, weil er das Andenken Blüchers entehren und dafür die Karriere einer jungen, lieben Schauspielerin aus Japan ruhinieren und missbrauchen wollte?"

„Ja, könnte doch sein."

„Ach ich weiß nicht."

Nun deutete Yoko genervt auf den Horizont und verkündete: „Dort drüben sind gerade hunderte, wenn nicht gar tausende Leute draufgegangen. Und Sie denken immer noch über diesen einen Toten von vor ein paar Wochen nach."

„Was soll ich denn machen? Diesen Fanthomas jagen? Ich weiß ja nicht einmal, wo er gerade ist. Eine Spur bekäme ich frühestens wenn er wieder zuschlägt. Aber diesen Fall mit dem Regiesseur; der wirkt auf mich einfach überschaubarer und leichter zu stemmen", verteidigte sich Sonoko.

„Nur ist der Fall abgeschlossen. Das ist wie wenn man mit einem Pferd beim Rennen über die Ziellinie reitet und dann einfach nicht mehr aufhört eine Runde nach der anderen zu reiten. Das ist weder für das Pferd noch für den Reiter dauerhaft gesund", fand Yoko.

Sonoko biss entschlossen die Zähne zusammen. „Na gut. Ab jetzt ist wirklich Schluss mit dem Fall. Geben Sie Gas Yoko, wir fahren nach Bielefeld zurück und machen uns sobald wie möglich wieder auf die Heimreise nach Japan."

„Einverstanden", sagte Yoko, lächelte fröhlich und fuhr los.

Ein paar Tage später waren sie wieder in Japans sicherer Hauptstadt Tokyo, wo Tradition und Moderne einander Seite an Seite ergänzten, und taten ihr Möglichstes, um nur die schönen Erinnerungen an ihre gemeinsame Deutschlandreise im Gedächtnis zu behalten. Vom Jenseits aus schaute der alte Blücher zufrieden auf sie herab und freute sich, dass die beiden wunderbaren jungen Frauen nun wieder wohlbehalten zu Hause waren.

Ende

Buchrezension: Volker Zierke's Roman „Ins Blaue"

_von Christian Schwochert

Vor einiger Zeit wurde ich auf Volker Zierkes Romane „Ins Blaue" aufmerksam. Es handelt sich um das zweite Buch des Autors. Sein erstes Werk trägt den Titel „Enklave" und sah mir sehr nach einer Soldatengeschichte aus. Das ist natürlich nichts Schlechtes; im Gegenteil. Aber ich hatte in letzter Zeit so viele Geschichten mit Soldaten gelesen, dass es diesmal etwas anderes sein soll. Zumal auf meinem „Zu-lesen-Stapel" ja auch noch ein Buch über Tomoe Gozen liegt und die war ja ebenfalls Soldatin. Also nahm ich mir „Ins Blaue" vor.

Verlegt wurde es beim Jungeuropa Verlag des Patrioten Philip Stein. Zierke schrieb über ihn auf twitter: „Mit dem Verlag @Jungeuropa_2016 und dem Verleger @stein_schreibt habe ich die Möglichkeit, eigene Romane zu veröffentlichen, ohne Zeitdruck, ohne Rücksicht auf Kommerz und Publikumsgunst. Privilegien, die man im Mainstream nicht hat, erst Recht nicht ohne großen Namen ..."

Das ist natürlich der Traum eines jeden patriotischen Autors und es freut mich sehr, dass er sich für Herrn Zierke erfüllt hat. Zumal er, der 1992 Geborene, mit „Ins Blaue" einen wirklich schönen und auch sehr mythischen Roman vorgelegt hat. Ich muss jedoch sagen, dass der Dialekt in dem Teile des Buches geschrieben sind manch ein Leser vielleicht nicht verstehen könnte. Gut, ich habe alles verstanden, aber manch anderer wäre wohl nicht so begeistert und würde meckern warum es denn nicht auf hochdeutsch geschrieben wurde? Nun, die Antwort kann man sich eigentlich denken: Weil Deutschland nun einmal auch viele regionale Kulturen und Eigenheiten hat und man diese bewahren sollte. Dazu zählt auch eine vielfältige deutsche Sprache. Deutschland war schon immer ein vielfältiges Land verschiedener deutscher Stämme; lange bevor linke Verbrecher den Begriff „Vielfalt" missbraucht haben. Aber wundert einen dieser Missbrauch? Sie benutzen ja auch den Regenbogen, der eigentlich die Verbindung zwischen Gott und den

Menschen symbolisiert, für ihre polit-ideologischen Zwecke.

Doch ich schweife ab. Bleiben wir bei Herrn Zierke und seinem Werk. In ihm begibt sich der Protagonist auf eine Art Sinnsuche. Er ist mit seinem, man kann sagen „bürgerlichen" Leben alles andere als unzufrieden, sehnt sich ein Stück weit nach seiner Kindheit zurück und scheint als jemand der aus einer eher ländlichen Gegend stammt auch mit dem Leben in der Großstadt nicht glücklich zu sein. Als eine nahe Verwandte von ihm verstorben ist, zieht er in deren Haus und richtet sich dort ein. Er will mehr über die Legenden des Allgäuer Ostrachtals erfahren, die sich um den Berg der weißen Frau ranken. Ein sehr gespenstischer Ort, in dem sogar schon Soldaten der Bundeswehr verschwunden und nicht wieder aufgetaucht sind. Der namenlose Protagonoist taucht ein in die Lektüre der auf dem Hof seiner glücklichen Kindheitstage aufgefundenen Tagebücher seines Großonkels Luitpold, der offenbar im Dritten Reich im Auftrag des SS-Ahnenerbes die Sagen und Mythen des Tals untersucht hat.

Doch mehr sei an dieser Stelle über den Inhalt des Buches nicht verraten. Nur noch mein Fazit: Es lohnt sich zu lesen.

Volker Zierke
Ins Blaue
184 Seiten
Jungeuropa Verlag

Weitere Romantipps:

Aus ganz besonders aktuellem Anlass erlaube ich mir hier „Beutewelt IV-Die Gegenrevolution" von Alexander Merow zu empfehlen. Warum aus aktuellem Anlass? Nun, weil es das Buch schon seit einigen Jahren gibt und jetzt wird es bei uns in der BRD ein Stück weit Realität. Denn wie bereits in meinem Sonoko-Roman nebenbei erwähnt erleben wir jetzt eine von den Machthabern gesteuerte „Gegenrevolution" durch das

Bündnis Sarah Wagenknecht (BSW). Bis auf vielleicht in einigen kleinen Einzelheiten wollen diese Partei und deren Mitglieder genau das, was die Altparteien wollen. Sehen Sie sich das Personal abgesehen von Wagenknecht an! Es sind Leute, die für offene Grenzen und mehr Massenzuwanderung einstehen und das schon seit Jahren. Diese Partei ist im Grunde die fleischgewordene Gegenrevolution, vor der Herr Merow in seinem Buch gewarnt hat. Eine vom System gesteuerte und von den Mainstreammedien entsprechend verständnisvoll begrüßte Scheinopposition, die der echten Opposition den Wind aus den Segeln nehmen soll. Darum hier nun der Romantipp.

Buchbeschreibung:
Weißrussland und Litauen können unter der Regierung Artur Tschistokjows aufatmen. Doch sein Versuch, die Rebellion gegen die Weltregierung auf ganz Russland auszuweiten, ist von Rückschlägen begleitet. Eine rivalisierende Revolutionsbewegung taucht scheinbar aus dem Nichts auf und zieht Millionen unzufriedene Russen in ihren Bann. Frank Kohlhaas und sein Freund Alfred Bäumer geraten als Kämpfer der Freiheitsbewegung mitten in den Konflikt um die Macht in Russland. Diesmal scheint es für Frank kein gutes Ende zu nehmen ...

Alexander Merow
Beutewelt IV-Die Gegenrevolution
264 Seiten
Engelsdorfer Verlag

Der Bürgerkrieg zwischen Kollektivisten und der
Freiheitsbewegung der Rus bricht in voller Härte aus.
Die Weltregierung greift ein und unterstützt
Tschistokjows Gegner mit Waffen und Geld, während
die Freiheitsbewegung der Rus im Bürgerkrieg immer
mehr an Boden verliert. Unterdessen beginnt
Kollektivistenführer Uljanin im Auftrag der
Logenbrüder, ganz Russland mit seiner Übermacht zu
erobern und die Rus-Freiheitsbewegung zu vernichten.
Die Lage scheint aussichtslos. Und zu allem Unglück ist
auch General Frank Kohlhaas, der Anführer von

Tschistokjows Warägergarde, nach wie vor spurlos
verschwunden ...

Alexander Merow
Beutewelt V-Bürgerkrieg 2038
283 Seiten
Engelsdorfer Verlag

Zeitfracht Medien GmbH
Ferdinand-Jühlke-Straße 7
99095 Erfurt, Deutschland
produktsicherheit@kolibri360.de